탈출기 · 고국 외

책임편집 김명석

연세대학교 국어국문학과 및 동 대학원 졸업. 문학박사. 성신여자대학교 국어
국문학과 교수. 저서에 『한국 소설과 근대적 일상의 경험』, 『김승옥 문학의 감수
성과 일상성』, 『인터넷소설, 새로운 이야기의 탄생』, 『작가 연구와 문학 교육』,
『다매체와 서사 읽기』 등이 있다.

한국 문학을 읽는다 23

탈출기 · 고국 외

초판 인쇄 2017년 6월 25일
초판 발행 2017년 6월 30일

지은이 · 최서해
펴낸이 · 김화정
펴낸곳 · 푸른생각

책임편집 · 김명석 | 편집 · 지순이 | 교정 · 김수란
등록 · 제310-2004-00019호
주소 · 경기도 파주시 회동길 337-16(서패동 470-6)
대표전화 · 031) 955-9111(2) | 팩시밀리 · 031) 955-9114
이메일 · prun21c@hanmail.net
홈페이지 · www.prun21c.com

ⓒ 푸른생각, 2017

ISBN 978-89-91918-69-6 04810
ISBN 978-89-91918-21-4 04810(세트)

값 12,900원

탈출기 · 고국

외

한국 문학을
읽는다

23

최서해

책임편집 **김명석**

떠날 때가 되었으니, 이제 각자의 길을 가자.
나는 죽기 위해서, 당신들은 살기 위해서.
어느 편이 더 좋은지는 오직 신만이 알 뿐이다.
— 소크라테스(고대 그리스의 철학자, BC 470~BC 399)

체험의 소설과 독서의 체험, 최서해 바로 읽기

　서해 최학송(1901~1932)은 함경북도 성진 출신으로 그의 고향은 고개 하나만 넘으면 바닷가였다. '서해(曙海)'라는 호도 어릴 적부터 좋아했던 새벽 바다에서 유래했다고 한다. 비록 가난한 집안이었으나 부모 아래서 누이와 더불어 성장했다. 특히 어머니 나이 35세에 늦둥이로 태어난 그는 훗날까지 늙으신 어머니에 대한 효성이 지극했다고 한다. 그의 나이 열 살 때일본에 나라를 빼앗기고 살기는 갈수록 힘들어지고 나라를 등지는 사람도 늘어갔다. 소학교만 다닌 것으로 알려진 그는 당시 동경 유학생들이 문단을 건설하던 시기에 스스로의 학력이 별로 없다고 겸손히 말했다. 그러나 부친에게 배운 한문 실력이 뛰어났고, 어릴 적부터 대단한 독서광이자 문학소년이었다. 14, 5세 때에는 성진 장터에 나가 잡지와 신소설을 사다 밤새워 읽었다. 또한 최남선이 만들던 『청춘』지 현상 모집에 종종 투고하면서 문장을 익혔다. 그러던 중 『청춘』에 실린 이광수의 초기 소설과 『매일신보』에 연재되던 『무정』, 『개척자』 등을 읽고는 동경에 있던 이광수와 편지를 교환하게 되었다. 18세의 나이에 이광수 소개로 유학생 잡지 『학지광』

에 산문시 세 편을 싣게 되었을 때의 기쁨을 이렇게 회고한다. "어머니의 없는 돈을 긁어 내어서 『학지광』을 샀다. 나는 길을 걷다가도 밥을 먹다가도 『학지광』을 펴서 내 글을 읽고는 좋아하였다. 읽고 또 읽어도 싫지 않았다. 그것만으로는 만족하지 못하였다. 『학지광』을 찾아오는 벗들이 보기 쉬운 책상머리에 놓아 두고 보아 달라는 표를 은근히 보였다. 벗들은 보았다. 한 손 두 손을 거쳐서 여러 벗들이 보았다. 잘 지었다는 소리가 내 귀에 들어왔다. 나는 더욱 기뻤다. 어머니도 기뻐하셨다. 그리고 나는 이때까지 사귄 벗들보다는 한층 높아진 듯도 하였다. 그러나 그 후로 나는 이역풍상을 방랑하는 몸이 되어 붓을 못 잡았다." 가족과 함께 고향을 등지고 두만강 건너 간도에서 보낸 방랑의 흔적은 이 책에 실린 그의 작품 곳곳에 남아 있다.

서해가 그리운 고국에 돌아온 것은 1923년 봄이었다. 간도 시절 5년간 일기 외에 변변한 글 한 줄 쓰지 못하고 어렵게 살아온 그는 회령에서 노동자 생활을 시작했다. 23세 문학청년 서해는 힘든 노동판에서 하루 종일 시달리다가 숙소로 돌아오면 밤늦도록 습작에 몰두했다. 『동아일보』에 최초의 소설 「토혈」을 발표한 것도 이때였다. 이 작품은 후에 「기아와 살육」으로 개작되었는데, 인물 및 배경 설정, 주인공의 가난과 반항, 환상적 장면의 등장과 복선, 문제 해결 방식 등을 볼 때 최서해 소설의 원천이라 할 수 있다. 이후 그의 소설은 간도에서의 체험과 노동자 생활을 사실적으로 묘사하면서 한국 문학사에 신경향파라는 새로운 흐름을 가져오게 된 것이다.

이 책에 수록된 여섯 편의 소설은 최서해의 대표작으로 일컬어지는 작품들이다.

「탈출기」는 1920년대 우리 민족의 가난한 삶을 서간체 형식의 독특한 수법으로 형상화하고 있다. 5년 전 어머니와 아내를 데리고 간도로 간 '나', 박군은 자신이 집을 떠나게 된 사연을 김군에게 편지로 설명해 준다. 부지런하고 정직하게 살아도 빈곤은 날로 심하고, 이틀 사흘 굶은 적도 한두 번이 아니라 임신한 아내가 남몰래 귤껍질을 먹는 현실이다. 두부 장수를 시작했어도 땔나무가 없어 나무도적질하다 중국 경찰서에 잡혀 여러 번 맞았다. 세상이 자신을 속이고 험악한 제도의 희생자로 살아왔음을 자각한 박군은 결국 집을 탈출해 ××단에 가입하게 된다. 자신의 간도 체험을 토대로 하되 궁핍의 원인이 개인에게 있는 것이 아니라 사회 제도의 모순에 있음을 주인공을 빌려 고발하고 있다. 현실에 순응하지 않고 부조리한 현실에 저항하는 인물을 형상화한 것은 이 작품을 신경향파 문학의 대표작으로 자리매김하게 만든다.

「고국」의 주인공 나운심 역시 큰 뜻을 품고 간도로 향했지만 아무것도 이루지 못한 채 몰락한 모습으로 고국으로 돌아와 회령에 도착한다. 3·1운동이 나던 해 봄 서간도로 떠나 정착한 백두산 흑룡강가 청시허는 윤리도 도덕도 교육도 없는 곳으로, 동리 아이들을 모아 놓고 이야기도 하고 글도 가르쳤지만 운심의 가르침을 이해하지 못하였다. 그해 가을 제자 박돌의 눈물 젖은 배웅을 받으며 청시허를 떠난 운심은 독립군에 잡힌 김에 독립군에 뛰어들지만 군대가 해산되어 정처 없이 떠돌아다니다 본국으로 돌아온다. 간도 체류 기간이 5년이라든지 고국으로 돌아와 회령에서 노동을 하게 된 공통점 등이 작가의 체험과 상당히 일

치한다. "찾아갈 곳도 없고 기다려주는 이도 없건만 나도 고국으로 돌아왔다. 알 수 없는 무엇이 나를 이리로 이끈 것이었다. 그러나 이로부터 어디로 가랴."라는 구절은 귀국 무렵 최서해의 심정을 표현하는 듯하다. 지식인의 이상 대신 도배장이라는 현실, 간도에서도 고국에서도 갈 곳을 찾을 길 없는 상황을 사실적으로 묘사한 작품이다.

그 외에도 간도 이주민의 빈궁한 삶과 억울한 죽음을 통해 계급적 갈등과 저항을 그린 「박돌의 죽음」, 물난리로 아기와 아내를 연달아 잃은 후 모순된 현실을 원망해 강도가 되는 과정을 그린 「큰물 진 뒤」, 중학까지 마치고도 가장 구실을 못해 병든 아내 치료도 못 받고 어머니마저 중국인 개에 물려 죽자 제 손으로 가족을 살해한 후 세상을 부수고 모두 죽이자며 경찰서까지 뛰어들었다가 죽음을 맞이하는 비극을 다룬 「기아와 살육」, 중국인의 소작을 하다 사랑하는 딸마저 빼앗긴 어느 간도 이주민의 울분과 저항을 그린 「홍염」 등을 함께 엮었다.

최서해 소설의 문학사적 가치에도 불구하고, 작품이 보여 주는 잔혹한 결말이나 과격한 문제 해결 방식이 청소년들의 문학 교육에 과연 적합할까 하는 의문이 있을 수 있다. 그러나 식민지 시기 우리 민족의 궁핍한 현실에 대한 사실적 묘사와 사회적 부조리 고발, 계급적 억압과 민족적 차별이라는 이중적 모순을 겪는 이주민의 삶과 저항을 체험적으로 형상화한 최서해의 작품 세계는 당시의 아픈 역사를 모르는 청소년들에게 독서를 통해 무엇보다도 귀한 체험을 제공할 것이다.

푸른생각에서 기획하여 발행하는 '한국 문학을 읽는다' 시리즈는 작품의 원문을 충실하게 실었다. 어려운 단어에는 낱말풀이를 세심하게 달아 작품의 이해를 돕고, 본문의 중간중간에 소제목을 붙여 이야기의 흐름을 놓치지 않도록 하였다. 또한 각 작품에 들어가기 전에 등장인물을 소개하고, 수록한 작품 뒤에는 줄거리를 정리한 〈이야기 따라잡기〉를 마련해 놓았다. 그리고 〈쉽게 읽고 이해하기〉를 마련해 작품의 세계를 좀더 깊게 이해할 수 있도록 했다. 아울러 책의 끝에 작가가 확실한 작품의 경우에는 〈작가 알아보기〉를 제시해 작가의 생애를 독자들에게 소개하였다.

'한국 문학을 읽는다' 시리즈가 청소년뿐만 아니라 일반 독자들에게 소설을 제대로 읽고 이해하는 데 도움이 되길 기대한다. 소설을 읽음으로써 인간 세계를 보다 넓고 깊게 이해하고 삶의 진정성을 인식할 수 있으리라 믿는다. 동시에 당대 한국의 시대적·역사적 현실과 제 모순점을 발견할 수 있으리라고 본다. 그리하여 타인과 깊이 있게 소통할 수 있으며 공동체 사회의 실현에 기여할 수 있다고 생각한다. 이 소설 선집의 감상으로 그와 같은 가치가 실현될 수 있기를 희망한다.

2017년 6월
책임편집 김명석

인생은 가까이서 보면 비극이지만
멀리서 보면 희극이다.
— 찰리 채플린(영국의 영화배우 · 감독, 1889~1977)

차례

한국 문학을 읽는다 **탈출기 · 고국** 외

일러두기

1 각각의 작품은 등장인물 소개 — 작품 게재 — 이야기 따라잡기 — 쉽게 읽고 이해하기 의 순서로 되어 있습니다.

2 작품의 원문을 되도록 충실하게 싣되, 독자의 이해를 돕기 위해 낱말풀이를 상세하게 달았고 중간중간에 소제목을 붙였습니다.

3 〈등장인물〉에서는 작품에 등장하는 주요 등장인물을 소개하고 간단하게 설명하였습니다.

4 〈이야기 따라잡기〉에서는 작품의 줄거리를 요약 정리하였습니다.

5 〈쉽게 읽고 이해하기〉에서는 작품을 감상하는 데 필요한 핵심적인 요소를 짚어 주었습니다.

6 마지막으로 〈작가 알아보기〉에서는 작가의 생애와 작품 활동, 작품 세계 등을 이해할 수 있습니다.

「탈출기」(『조선문단』, 1924)는

1920년대 우리 민족의 가난한 삶을

작가의 체험을 바탕으로 담아내고 있는

서간체 형식의 단편소설로

부조리한 현실에 대한

저항 의식을 그리고 있다.

탈출기

아내가 나간 뒤에 나는 아내가 먹다가 던진 것을 찾으려고
아궁이를 뒤지었다. 싸늘하게 식은 재를 막대기에 뒤져 내니
벌건 것이 눈에 띄었다. 나는 그것을 집었다.
그것은 귤껍질이었다.

등장인물

나(박 군) 가난한 지식인. 희망을 품고 간도에 도착했지만 생활고에 시달리다 집을
떠난다. 현실에 순응하며 성실히 살아가려 노력하나 사회의 모순과 허위
를 깨닫고 사회를 개혁하기 위해 단체에 가입하는 저항적 성격의 소유자
이다.

아내 불평이 없으며 남편의 의견에 순종하며 살아가는 순박하고 수줍음 많은
시골 여인이다.

어머니 모성애가 강한 전형적인 한국 여인. 궁핍한 생활 속에서도 아들에 대한 사
랑만은 지극하다.

김 군 편지의 수신인. 나의 탈가를 반대하는 인물이다.

탈출기

1

박 군은 김 군에게 탈가한 사연을 밝히고자 한다

김 군! 수삼차 편지는 반갑게 받았다. 그러나 나는 한 번도 회답치 못하였다. 물론 군의 충정에는 나도 감사를 드리지만 그 충정을 나는 받을 수 없다.

박 군! 나는 군의 탈가(脫家, 가출. 집을 떠남)를 찬성할 수 없다. 음험한 이역에 늙은 어머니와 어린 처자를 버리고 나선 군의 행동을 나는 찬성할 수 없다. 박 군! 돌아가라. 어서 집으로 돌아가라. 군의 부모와 처자가 이역 노두(路頭, 길거리)에서 방황하는 것을 나는 눈앞에 보는 듯싶다. 그네들의 의지할 곳은 오직 군의 품밖에 없다. 군은 그네들을 구하여야 할 것이다.

군은 군의 가정에서 동량(棟梁, 기둥과 들보)이다. 동량이 없는 집이 어디 있으랴? 조그마한 고통으로 집을 버리고 나선다는 것이 의지가 군다는 박 군으로서는 너무도 박약한 소위이다. 군은 ××단에 몸을 던져 ×선에 섰다는 말을 일전 황군에게서 듣기는 하였으나 그렇다 하여도 나는 그것을 시인할 수 없다. 가족을 못 살리는 힘으로 어찌 사회를 건지랴.

박 군! 나는 군이 돌아가기를 충정으로 바란다. 군의 가족이 사람들 발 아래서 짓밟히는 것을 생각할 때 군의 가슴인들 어찌 편하랴.

김 군! 군은 이러한 말을 편지마다 썼지? 나는 군의 뜻을 잘 알았다. 사랑하는 나의 가족을 위하여 동정하여 주는 군에게 어찌 감사치 않으랴? 정다운 벗의 충고에 나는 늘 울었다. 그러나 그 충고를 들을 수 없다. 듣지 않는 것이 군에게는 고통이 되는지? 분노가 되는지? 나에게 있어서는 행복일는지도 알 수 없는 까닭이다.

김 군! 나도 사람이다. 정애(情愛, 따뜻한 사랑)가 있는 사람이다. 나의 목숨 같은 내 가족이 유린받는 것을 내 어찌 생각지 않으랴? 나의 고통을 제삼자로서는 만분의 일이라도 느낄 수 없을 것이다.

나는 이제 나의 탈가한 이유를 군에게 말하고자 한다. 여기에 대하여 동정과 비난은 군의 자유이다. 나는 다만 이러하다는 것을 군에게 알릴 뿐이다. 나는 이것을 군이 아니면 다른 사람에게라도 알리지 않고는 견딜 수 없는 충동을 받는 까닭이다.

그러나 나는 단언한다. 군도 사람이어니 나의 말하는 것을 부인치는 못하리라.

2

고향을 떠나 이상촌을 건설하고자 간도로 떠난다

김 군! 내가 고향을 떠난 것은 오 년 전이다. 이것은 군도 아는 사실이다. 나는 그때에 어머니와 아내를 데리고 떠났다. 내가 고향을 떠나 간도로 간 것은 너무도 절박한 생활에 시든 몸이 새 힘을 얻을까 하여 새 희망을 품고 새 세계를 동경하여 떠난 것도 군이 아는 사실이다.

간도는 천부금탕(天賦金湯, 하늘에서 준 황금탕. 비옥하고 풍요로운 곳이라는 의미)이다. 기름진 땅이 흔하여 어디를 가든지 농사를 지을 수 있고 농사를 지으면 쌀도 흔할 것이다. 삼림이 많으니 나무 걱정도 될 것이 없다.

농사를 지어서 배불리 먹고 뜨듯이 지내자. 그리고 깨끗한 초가나 지어놓고 글도 읽고 무지한 농민들을 가르쳐서 이상촌(理想村, 이상적인 마을)을 건설하리라. 이렇게 하면, 간도의 황무지를 개척할 수 있다.

이것이 간도 갈 때의 내 머릿속에 그렸던 이상이었다. 이때에 나는 얼마나 기뻤으랴! 두만강을 건너고 오랑캐령을 넘어서 망망한 평야와 산천을 바라볼 때 청춘의 내 가슴은 이상의 불길에 탔다. 구수한 내 소리와 헌헌한(풍채가 당당하고 빼어난) 내 행동에 어머니와 아내도 기뻐하였다.

오랑캐령을 올라서니 서북으로 쏠려오는 봄 세찬 바람이 어떻게 뺨을 갈기는지,

"에그 칩구나! 여기는 아직도 겨울이구나."

하고 어머니는 수레 위에서 이불을 뒤집어썼다.

"무얼요, 이 바람을 많이 맞아야 성공이 올 것입니다."

나는 가장 씩씩하게 말하였다. 이처럼 나는 기쁘고 활기로웠다.

3

이상과는 달리 생활고에 시달리며 빈곤한 생활을 한다

김 군! 그러나 나의 이상은 물거품으로 돌아갔다. 간도에 들어서서 한 달이 못 되어서부터 거친 물결은 우리 세 생령(生靈, 살아 있는 영혼)의 앞에 기탄없이 몰려왔다.

나는 농사를 지으려고 밭을 구하였다. 빈 땅은 없었다. 돈을 주고 사기 전에는 한 평의 땅이나마 손에 넣을 수 없었다. 그렇지 않으면 지나인(支那人, 중국인)의 밭을 도조(賭租, 남의 논밭을 빌려 농사를 짓고 그 대가로 내는 벼)나 타조(打租, 수확량의 비율을 정해 놓고 소작료를 거두어들이던 소작 제도)로 얻어야 한다. 1년 내 중국 사람에게서 양식을 꾸어 먹고 도조나 타조를 지으면 가을 추수는 빚으로 돌아가고 또 처음 꼴이 된다. 그러나 농사라고 못 지어 본 내가 도조나 타조를 얻는대야 1년 양식 빚도 못 될 것이고 또 나 같은 시로도(しろと, 아마추어. 서툴거나 경험이 없는 사람을 낮추어 부르는 말)에게는 밭을 주지 않았다.

생소한 산천이요, 생소한 사람들이니, 어디 가 어쩌면 좋을는지? 의논할 사람도 없었다. H라는 촌 거리에 셋방을 얻어 가지고 어름어름하는 새에 보름이 지나고 한 달이 넘었다. 그새에 몇 푼 남았던 돈은 다 부러먹고(돈이나 재물을 헛되게 써서 없애고) 밭은 고사하고 일자리도 못 얻었다.

나는 팔을 걷고 나섰다. 이리저리 돌아다니면서 구들도 고쳐 주고 가마도 붙여 주었다. 이리하여 호구(입에 풀칠함. 겨우 끼니를 이어감)하게 되었다. 이때 H장에서는 나를 온돌쟁이(구들 고치는 사람)라고 불렀다. 갈아입을 의복이 없는 나는 늘 숯검정이 꺼멓게 묻은 의복을 벗을 새가 없었다.

H장은 좁은 곳이다. 구들 고치는 일도 늘 있지 않았다. 그것으로 밥먹기는 어려웠다. 나는 여름 불볕에 삵김도 매고 꼴도 베어 팔았다. 그리고 어머니와 아내는 삵방아 찧고 강가에 나가서 부스러진 나뭇개비를 주워서 겨우 연명하였다.

김 군! 나는 이때부터 비로소 무서운 인간고(人間苦, 사람이 세상을 살면서 받는 고통)를 느꼈다. 아아, 인생이란 과연 이렇게도 괴로운 것인가? 하는 것을 나는 생각하게 되었다. 나는 나에게 닥치는 풍파 때문에 눈물 흘린 일은 이때까지 없었다. 그러나 어머니가 나무를 줍고 젊은 아내가 삵방아를 찧을 때! 나의 피는 끓었으며 나의 눈은 눈물에 흐려졌다.

"에구, 차라리 내가 드러누워 앓고 있지, 네 괴로워하는 꼴은 차마 못 보겠다."

이것은 언제 내가 병들어 신음할 때에 어머니가 울면서 하신 말씀이었다. 이것을 무심히 들었던 나는 이때에야 이 말의 참뜻을 느꼈다.

"아아, 차라리 나의 고기가 찢어지고 뼈가 부서지는 것은 참을 수 있으나, 내 눈앞에서 사랑하는 늙은 어머니와 아내가 배를 주리고 남의 멸시를 받는 것은 참으로 견디기 어렵구나."

나는 이렇게 여러 번 가슴을 쳤다. 나는 밤이나 낮이나, 비 오나 바람이 치나 헤아리지 않고 삯김, 삯심부름, 삯나무, 무엇이든지 가리지 않았다.

"오늘도 배고프겠구나. 아침도 변변히 못 먹고. 나는 너 배 주리잖는 것을 보았으면 죽어도 눈을 감겠다."

내가 삯일을 하다가 늦게 돌아오면 어머니는 우실 듯이 말씀하셨다. 그러나 나는 흔연하게,

"배가 무슨 배가 고파요."

하고 대답하였다.

임신한 아내가 부엌에서 무언가 먹고 있는 것을 본다

내 아내는 늘 별말이 없었다. 무슨 일이든지 시키는 대로 소곳하고 아무 소리 없이 순종하였다. 나는 그것이 더욱 불쌍하게 생각되었다. 나는 어머니보다도 아내 보기가 퍽 부끄러웠다.

"경제의 자립도 못 되는 내가 왜 장가를 들었누?"

이것이 부모의 한 일이지만 나는 이렇게도 탄식하였다. 그럴수록 아내에게 대하여 황공하였고 존경하였다.

어떻게 하면 살 수 있을까?…… 이러한 생각은 이때 내 머리를 몹시 때렸다. 이때 나에게 부지런한 자에게 복이 온다 하는 말이 거짓말로 생각되었다. 그 말을 지상의 격언으로 굳게 믿어 온 나는 그 말에 도리어 일종의 의심을 품게 되었고 나중은 부인까지 하게 되었다.

부지런하다면 이때 우리처럼 부지런함이 어디 있으며 정직하다면 이

때 우리 식구같이 정직함이 어디 있으랴? 그러나 빈곤은 날로 심하였다. 이틀 사흘 굶은 적도 한두 번이 아니었다. 한 번은 이틀이나 굶고 일자리를 찾다가 집으로 들어 보니 부엌 앞에 앉았던 아내가(아내는 이때에 아이를 배어서 배가 남산만하였다) 무엇을 먹다가 깜짝 놀란다. 그리고 손에 쥐었던 것을 얼른 아궁이에 집어넣는다. 이때 불쾌한 감정이 내 가슴에 떠올랐다.

'……무얼 먹을까? 어디서 무엇을 얻었을까? 무엇이길래 어머니와 나 몰래 먹누? 아! 여편네란 그런 것이로구나! 아니 그러나 설마…… 그래도 무엇을 먹던데……'

나는 이렇게 아내를 의심도 하고 원망도 하고 밉게도 생각하였다. 아내는 아무 말 없이 어색하게 머리를 숙이고 앉아서 씩씩하다가 밖으로 나간다. 그 얼굴은 좀 붉었다.

아내가 먹던 귤껍질을 발견하고 눈물을 흘린다

아내가 나간 뒤에 나는 아내가 먹다가 던진 것을 찾으려고 아궁이를 뒤졌다. 싸늘하게 식은 재를 막대기로 뒤져내니 벌건 것이 눈에 띄었다. 나는 그것을 집었다. 그것은 귤껍질[橘皮 ; 귤피]이다. 거기는 베 먹은 잇자국이 있다. 귤껍질을 쥔 나의 손은 떨리고 잇자국을 보는 내 눈에는 눈물이 괴었다.

김 군! 이때 나의 감정을 어떻게 표현하면 적당할까?

'오죽 먹고 싶었으면 길바닥에 내던진 귤껍질을 주워 먹을까, 더욱 몸

비잖은(몸이 비어 있지 않은. 임신한) 그가! 아아, 나는 사람이 아니다. 그러한 아내를 나는 의심하였구나! 이놈이 어찌하여 그러한 아내에게 불평을 품었는가. 나 같은 잔악한 놈이 어디 있으랴. 내가 양심이 부끄러워서 무슨 면목으로 아내를 볼까?

이렇게 생각하면서 나는 느껴 가며 눈물을 흘렸다. 굴껍질을 쥔 채로 이를 악물고 울었다.

"야, 어째 우느냐? 일어나거라. 우리도 살 때 있겠지, 늘 이렇겠느냐."
하면서 누가 어깨를 친다. 나는 그것이 어머니인 것을 알았다.

나는,

"아이구 어머니, 나는 불효외다."
하면서 어머니의 팔을 안고 자꾸자꾸 울고 싶었다. 그러나 나는 아무 소리 없이 가슴을 부둥켜안고 밖으로 나갔다.

'내가 왜 우누? 울기만 하면 무엇 하나? 살자! 살자! 어떻게든지 살아 보자! 내 어머니와 내 아내도 살아야 하겠다. 이 목숨이 있는 때까지는 벌어보자!'

나는 이를 갈고 주먹을 쥐었다. 그러나 눈물은 여전히 흘렀다. 아내는 말없이 울고 서 있는 내 곁에 와서 손으로 치마끈을 만지작거리며 눈물을 떨어뜨린다. 농삿집에서 길러난 아내는 지금도 어찌 수줍은지 내가 울면 같이 울기는 하여도 어떻게 말로 위로할 줄은 모른다.

4

두부 장사를 시작하나 생활은 나아지지 않는다

김 군! 세월은 우리를 위하여 여름을 항상 주지는 않았다.

서풍이 불고 서리가 내리기 시작하였다. 찬 기운은 헐벗은 우리를 위협하였다. 가을부터 나는 대구어(大口魚) 장사를 하였다. 삼 원을 주고 대구 열 마리를 사서 등에 지고 산골로 다니면서 콩[大豆 ; 대두]과 바꾸었다. 그러나 대구 열 마리는 등에 질 수 있었으나 대구 열 마리를 주고받은 콩 열 말은 질 수 없었다. 나는 하는 수 없이 삼사십 리나 되는 곳에서 두 말씩 두 말씩 사흘 동안이나 져[負 ; 부] 왔다. 우리는 열 말 되는 콩을 자본(資本) 삼아 두부 장사를 시작하였다.

아내와 나는 진종일 맷돌질을 하였다. 무거운 맷돌을 돌리고 나면 팔이 뚝 떨어지는 듯하였다. 내가 이렇게 괴로울 적에 해산(解産, 아이를 낳음)한 지 며칠 안 되는 아내의 괴로움이야 어떠하였으랴? 그는 늘 낯이 부석부석하였다. 그래도 나는 무슨 불평이 있는 때면 아내를 욕하였다. 그러나 욕한 뒤에는 곧 후회하였다.

콧구멍만 한 부엌방에 가마를 걸고 맷돌을 놓고 나무를 들이고 의복 가지를 걸고 하면 사람은 겨우 비비고 들어앉게 된다. 뜬 김에 문창은 떨어지고 벽은 눅눅하다. 모든 것이 후줄근하여 의복을 입은 채 미지근한 물속에 들어앉은 듯하였다. 어떤 때는 애써 갈아 놓은 비지가 이 뜬 김 속에서 쉬어 버린다. 두붓물이 가마에서 몹시 끓어 번질 때에 우윳빛 같은 두붓물 위에 빠다(버터) 빛 같은 노란 기름이 엉기면(그것은 두부가

잘될 징조다) 우리는 안심한다. 그러나 두붓물이 희멀끔해지고 기름기가 돌지 않으면 거기만 시선을 쏘고 있는 아내의 낯빛부터 글러 가기 시작한다. 초를 쳐 보아서 두붓발이 서지 않고 매캐지근하게(연기와 곰팡이 냄새와 비슷하게) 풀려질 때에는 우리의 가슴은 덜컥한다.

"또 쉰 게로구나! 저를 어쩌누?"

젖을 달라구 빽빽 우는 어린아이를 안고 서서 두붓물만 들여다보시는 어머니는 목멘 말씀을 하시면서 우신다. 이렇게 되면 온 집안은 신산(辛酸, 세상살이가 힘들고 고생스러움)하여 말할 수 없는 울음, 비통, 처참, 소조(蕭條, 고요하고 쓸쓸함)한 분위기에 싸인다.

"너 고생한 게 애닯구나! 팔이 부러지게 갈아서…… 그거(두부) 팔아서 장을 보려고 태산같이 바랐더니……."

어머니는 그저 가슴을 뜯으면서 운다. 아내도 울듯 울듯이 머리를 숙인다. 그 두부를 판대야 큰 돈은 못 된다. 기껏 남는대야 이십 전이나 삼십 전이다. 그것으로 우리는 호구를 한다. 이십 전이나 삼십 전에 어머니는 운다. 아내도 기운이 준다. 나까지 가슴이 바짝바짝 조인다.

그날은 하는 수 없이 쉰 두붓물로 때를 에우고(다른 음식으로 끼니를 때우고) 지낸다. 아이는 젖을 달라고 밤새껏 빽빽거린다. 우리의 살림에는 어린것도 귀찮았다.

5

땔나무가 없자 아내와 나무 도적질까지 하게 된다

울면서 겨자 먹기로 괴로 운 대로 또 두부를 하지 않으면 안 된다. 그러나 이번에는 땔나무가 없다. 나는 낫[鎌 ; 겸]을 들고 떠난다. 내가 낫을 들고 떠나면 산후여독(産後餘毒, 아이를 낳은 후 남은 독기)으로 신음하는 아내도 낫을 들고 말없이 나를 따라나선다. 어머니와 나는 굳이 만류하나 아내는 듣지 않는다.

내 손으로 하는 나무이건만 마음 놓고는 못 한다. 산 임자에게 들키면 여간한 경을 치지 않는다. 그러므로 우리는 황혼이면 산에 가서 도적나무를 하여 지고 밤이 깊어서 돌아온다. 아내는 이고 나는 지고 캄캄한 밤에 산비탈로 내려오다가 발이 미끄러지거나 돌에 차이면 곤두박질을 하여 나뭇짐 속에 든다. 아내는 소리 없이 이었던 나무를 내려놓고 나뭇짐에 눌려서 버둥거리는 나를 겨우 끄집어 일으킨다. 그러나 내가 나뭇짐을 지고 일어나면 아내는 혼자 나뭇짐을 이지 못한다. 또 내가 나뭇짐을 벗고 아내에게 이어 주면 나는 추어 주는 이 없이는 나뭇짐을 질 수 없었다. 하는 수 없이 나는 어떤 높은 바위에 벗어놓고(후에 지기 편하도록) 아내에게 이어 준다. 이리하여 산비탈을 내려오면, 언제 왔는지 어머니는 애를 업고 우둘우둘 떨면서 산 아래서 기다리다가도,

"인제 오니? 나는 너 또 붙들리지나 않는가 하여 혼이 났다."

하신다. 이때마다 내 가슴은 저렸다. 나는 이렇게 나무 도적질을 하다가 중국 경찰서에까지 잡혀가서 여러 번 맞았다.

이때 이웃에서는 우리를 조소하고 경찰서에서는 우리를 의심하였다.

"흥, 신수가 멀쩡한 연놈들이 그 꼴이야, 어디 가 일자리도 구하지 않구, 그 눈이 누래서 두부 장사 하는 꼬락서니는 참 더러워서 못 보겠네. 불알을 달고 나서 그렇게야 살리?"

이것은 이웃 남녀가 비웃는 소리였다. 그리고 어떤 산 임자가 나무 잃고 고발을 하면 경찰서에서는 불문곡직(不問曲直, 옳고 그름을 따지지 아니함)하고 우리 집부터 수색하고 질문하면서 나를 때린다. 그러나 나는 호소할 곳이 없다.

6

현실의 모순을 느끼고 집을 탈출하여 ××단에 가입한다

김 군! 이러구러 겨울은 점점 깊어 가고 기한(飢寒, 배고픔과 추위)은 점점 박두하였다. 일자리는 없고…… 그렇다고 손을 털고 앉았을 수도 없었다. 모든 식구가 퍼러퍼래서 굶고 앉은 꼴을 나는 그저 볼 수 없었다. 시퍼런 칼이라도 들고 하루라도 괴로운 생을 모면하도록 쿡쿡 찔러 없애고 나까지 없어지든지, 그렇지 않으면 칼을 들고 나가서 강도질이라도 하여서 기한을 면하든지 하는 수밖에는 더 도리가 없게 절박하였다. 나는 일이 없으면 없느니만치, 고통이 닥치면 닥치느니만치 내 번민은 컸다. 나는 어떤 날은 거의 얼빠진 사람처럼 눈을 감고 깊은 생각에 잠긴 일도 있었다.

이때 내 머릿속에서는 머리를 움실움실 드는 사상이 있었다(오늘날에 생각하면 그것은 나의 전 운명을 결정할 사상이었다).

그 생각은 누구의 가르침에 의해 일어난 것도 아니거니와 일부러 일으키려고 애써서 일어난 것도 아니다. 봄 풀싹같이 내 머릿속에서 점점 머리를 들었다.

─나는 여태까지 세상에 대하여 충실하였다. 어디까지든지 충실하려고 하였다. 내 어머니, 내 아내까지도…… 뼈가 부서지고 고기가 찢기더라도 충실한 노력으로써 살려고 하였다. 그러나 세상은 우리를 속였다. 우리의 충실을 받지 않았다. 도리어 충실한 우리를 모욕하고 멸시하고 학대하였다.

우리는 여태까지 속아 살았다. 포악하고 허위스럽고 요사한 무리를 용납하고 옹호하는 세상인 것을 참으로 몰랐다. 우리뿐 아니라 세상의 모든 사람들도 그것을 의식치 못하였을 것이다. 그네들은 그러한 세상의 분위기에 취하였다. 나도 이때까지 취하였다. 우리는 우리로서 살아온 것이 아니라 어떤 험악한 제도의 희생자로서 살아왔다.

김 군! 나는 사람들을 원망치 않는다. 그러나 마주(魔酒, 정신을 흐리게 하는 술)에 취하여 자기의 피를 짜 바치면서도 깨지 못하는 사람을 그저 볼 수 없다. 허위와 요사(妖邪, 요망하고 간사함)와 표독(慓毒, 사납고 독살스러움)과 게으른 자를 옹호하고 용납하는 이 제도는 더욱 그저 둘 수 없다.

─이 분위기 속에서는 아무리 노력하여도 우리의 생(生)의 만족을 느낄 날이 없을 것이다. 어찌하여 겨우 연명을 한다 하더라도 죽지 못하는 삶이 될 것이요, 그 영향은 자식에게까지 미칠 것이다. 나는 어미 품속에서 빽빽 하는 어린것의 장래를 생각할 때면 애잡짤한(애절하고 안타까운)

감정과 분함을 금할 수 없다. 내가 늘 이 상태면(그것은 거의 정한 이치다) 그에게는 상당한 교양은 고사하고, 다리 밑이나 남의 집 문간에 버리게 될 터이니, 아! 삶을 받은 한 생령을 죄 없이 찌그러지게 하는 것이 어찌 애달프지 않으며 분치 않으랴? 그렇다 하면 그것을 나의 죄라 할까?

김 군! 나는 더 참을 수 없었다. 나는 나부터 살리려고 한다. 이때까지는 최면술에 걸린 송장이었다. 제가 죽은 송장으로 남(식구들)을 어찌 살리랴? 그러려면 나는 나에게 최면술을 걸려는 무리를, 험악한 이 공기의 원류를 쳐부수려고 하는 것이다.

나는 이것을 인간의 생의 충동(衝動)이며 확충(擴充)이라고 본다. 나는 여기서 무상의 법열(法悅, 참된 이치를 깨달았을 때 느끼는 기쁨)을 느끼려고 한다. 아니 벌써부터 느껴진다. 이 사상이 드디어 나로 하여금 집을 탈출케 하였으며, ××단에 가입케 하였으며, 비바람 밤낮을 헤아리지 않고 벼랑 끝보다 더 험한 ×선에 서게 한 것이다.

김 군! 거듭 말한다. 나도 사람이다. 양심을 가진 사람이다. 애정을 가진 사람이다. 내가 떠나는 날부터 식구들은 더욱 곤경에 들 줄도 나는 알았다. 자칫하면 눈 속이나 어느 구렁에서 죽는 줄도 모르게 굶어 죽을 줄도 나는 잘 안다. 그러므로 나는 이곳에서도 남의 집 행랑어멈이나 아범이며, 노두(路頭, 길거리)에 방황하는 거지를 무심히 보지 않는다.

아! 나의 식구도 그럴 것을 생각할 때면 자연히 흐르는 눈물과 뿌직뿌직 찢기는 가슴을 덮쳐잡는다.

그러나 나는 이를 갈고 주먹을 쥔다. 눈물을 아니 흘리려고 하며 비애에 상하지 않으려고 한다. 울기에는 너무도 때가 늦었으며 비애에 상하는 것은 우리의 박약을 너무도 표시하는 듯싶다. 어떠한 고통이든지 참고 분투하려고 한다.

김 군! 이것이 나의 탈가한 이유를 대략 적은 것이다. 나는 나의 목적을 이루기 전에는 내 식구에게 편지도 하지 않으려고 한다. 그네가 죽어도, 내가 또 죽어도…….

나는 이러다 성공 없이 죽는다 하더라도 원한이 없겠다. 이 시대, 이 민중의 의무를 이행한 까닭이다.

아아, 김 군아! 말을 다 하였으나 정은 그저 가슴에 넘치누나!

이야기 따라잡기

집으로 돌아가기를 바라는 김 군의 편지를 받은 '나(박 군)'는 탈가(脫家)의 이유를 편지로 밝힌다.

오 년 전 '나'는 어머니와 아내를 데리고 기름진 땅이 흔하다는 간도로 간다. '나'는 그곳에서 무지한 농민들을 일깨워 이상촌을 건설하고자 하나 한 달도 못 되어 그것이 허망한 꿈임을 알게 된다. 빈 땅도 없고, 중국인의 소작인 노릇을 하려 해도 빚을 갚을 길이 막연한 것이 현실이다.

일자리를 얻지 못한 '나'는 가난 속에서도 살아가기 위해 한 번도 해 보지 않은 일들을 닥치는 대로 한다. 그러나 그 일마저도 변변치 않아 날품팔이로 전전한다. '나'와 '나'의 가족은 항상 굶주리며 실의 속에서 살아간다.

어느 날 '나'는 임신한 아내가 부엌에서 무언가를 혼자 먹고 있는 것을 보고는 배신감과 미움을 느끼게 된다. 그러나 아궁이를 뒤져 아내가 먹던 것이 길에서 주워 온 귤껍질이라는 사실을 알게 된다. 나는 비통해하며 앞으로 더 열심히 살아가리라 굳은 다짐을 한다.

'나'는 생선 장수를 시작으로 두부 장사를 하게 된다. 산후의 아내는 부석한 몰골로 맷돌질을 한다. 하지만 서툰 일이라 만들어 놓은 두부는 곧잘 쉬어 버리고 '나'와 가족은 쉬어 버린 두붓물로 끼니를 때운다. 산후여독에 걸린 아내와 '나'는 두부를 만들 땔감을 구하기 위해 산에서 나무 도적질을 하다가 중국 경찰서에 끌려가게 된다. 그 후로 같은 사건이 발생하면 무조건 경찰과 이웃들은 '나'를 의심한다.

'나'는 스스로를 험악한 제도의 희생자라 여긴다. 가족을 위해 충실히 살아가려 하지만 세상이 스스로를 멸시하고 학대한다고 생각한 것이다. 사회적 제도에 모순과 부조리함을 깨달은 '나'는 궁핍으로부터 탈출하고자 마음을 먹고 ××단에 가입하게 된다.

쉽게 읽고 이해하기

지독한 궁핍과 비참한 삶

「탈출기」는 최서해가 직접 체험한 빈궁과 고난을 소재로 한 작품으로, 문단에서 각광을 받았던 그의 대표적 단편소설이다.

고국에서 절박하고 가난한 생활에 찌든 주인공은 가족을 이끌고 희망을 찾아 간도로 간다. 새 희망, 이상촌을 꿈꾸며 간도에서의 어려운 생활을 모두 견뎌 낼 자신이 있었지만 생소한 산천과 사람들 사이에서 밭은 고사하고 일자리도 얻지 못해 전보다 더 궁핍한 상황에 놓이게 된다.

농사를 짓기 위해 밭을 구하려고 하지만 돈을 주고 사기 전에는 한 평의 땅도 얻을 수 없다. 먹고살기 위해 여름 불볕에 꼴도 베고 삯김, 심부름, 무엇이든 가리지 않고 하지만 가난에서 벗어나지 못하며 점점 더 무서운 인간고(人間苦)를 겪게 된다.

불우한 가정에서 태어나 품팔이, 나무 장수 등 밑바닥 생활을 체험했던 최서해는 자신이 직접 겪었던 일들을 그대로 묘사한다. 주인공이 간도에서 살기 위해 삯김, 삯심부름, 나무 장수, 두부 장수 등을 하는 것은 최서해의 경험에서 비롯된 것이다. 「탈출기」를 통해 최서해는 자신의 경험을 주인공에게 그대로 투영하여 사실감 넘치는 현실 묘사를 하고 있다.

임신한 아내는 먹을 것이 없어 땅에 떨어진 귤껍질을 집어 먹는다. 그리고 그와 함께 다른 사람 소유의 산에서 땔감을 훔치다가 중국 경찰서에 잡혀가서 여러 번 두들겨 맞는다. 그 이후로는 나무를 훔치는 사건이 발생할 때마다 경찰서에 불려 가서 조사를 받게 된다. 이러한 비참한 삶을 겪으며 주인공은 그동안 세상에 속아 살았다고 절규한다. 인간으로서의 존엄성을 인정받으며 살아온 것이 아니라 어떤 험악한 제도의 희생자로 살아왔다며 사회의 구조적 모순과 부조리한 현실을 비판한다.

부조리한 현실에 대한 저항

신경향파 문학이란 1920년대 낭만주의 및 자연주의 경향을 비판하고 일어난 사회주의 경향의 새로운 문학 유파이다. 「탈출기」는 이러한 신경향파 문학의 대표적인 작품으로 개인이 겪고 있는 지독하고 비극적인 궁핍을 개인적인 차원으로 받아들이는 것이 아니라 사회적, 민중적 차원으로 확장시켜 현실적 문제를 해결하고자 한다.

가난한 현실에서 벗어나기 위해 이상촌을 꿈꾸며 간도로 이주하지만 그곳에서의 생활이 오히려 더 혹독하고 고통스럽다. 궁핍한 삶에서 벗어나기 위해 노력하면 할수록 더 깊은 가난의 수렁에 빠지자 주인공은 절대적 궁핍의 원인은 개인에게 있는 것이 아니라 어떤 험악한 제도의 횡포에 의한 것이라고 보게 된다. 그래서 이를 극복하기 위해 탈가하여 ××단에 가입하고 이를 김 군에게 알린다.

간도로의 이주를 통해 새로운 희망을 얻을 수 있을 거라고 생각했던 주인공은 간도에서 느끼는 이민족으로서의 설움과 지독한 궁핍으로 인해 절망에 빠진다. 그리고 그 절망을 민족적 차원으로 상승시켜 가난의 근본적인 원인을 제거하려고 한다. 비록 성공하지 못한다고 해도 민중의 의무를 이행한 까닭에 원한이 없다는 말을 통해 주인공은 탈가하여 ××단에 가입하는 것을 민중의 의무로 보고 있다는 것을 알 수 있다.

「탈출기」는 가난한 삶을 사실성 있게 고발하고, 열심히 노력해도 가난을 벗어날 수 없는 모순적인 사회 구조와 부조리한 현실을 적나라하게 그리고 있다. 그리고 이러한 현실을 그대로 받아들이고 순응하는 것이 아니라 해결하기 위해 투쟁적 삶에 대한 결의를 다진다. 구체적인 방법에 대해서까지 다루고 있지는 않지만, 사회의 제도적 모순에 대한 저항의식을 강하게 담고 있다.

「고국」(『조선문단』, 1924)은

고향으로 상징되는

조국을 잃은 젊은이의 방황과 고뇌를 통해

식민지 시대를 살아가는

한국인의 모습을 보여 주고 있는

단편소설이다.

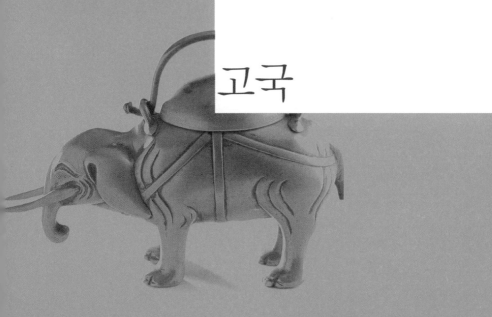

고국

향방 없이 표량하다가 지금 본국으로 돌아오기는 왔다.
내가 찾아갈 곳도 없고 나를 기다려 주는 이도 없건만
나도 고국으로 돌아왔다.
알 수 없는 무엇이 나를 이리로 이끈 것이다.

등장인물

나운심   큰 뜻을 품고 고향을 떠나 간도로 가나 아무것도 이루지 못하고 고국으로
돌아와 도배장이가 된다.

고국

고국으로 돌아온 운심은 여관 앞에서 머뭇거린다

큰 뜻을 품고 고국을 떠나던 운심의 그림자가 다시 조선 땅에 나타난 것은 계해년 3월 중순이었다. 첨으로 회령에 왔다. 헌 미투리, 초라한 검정 주의(周衣, 두루마기), 때 아닌 복면모를 푹 눌러쓴 아래에 힘없이 끔벅이는 눈하며, 턱과 코 밑에 거칠거칠한 수염하며, 그가 오 년 전 예리예리하던 운심이라고는 친한 사람도 몰랐다.

간도에서 조선을 향할 때의 운심의 가슴은 고생에 몰리고 몰리면서도 무슨 기대와 희망에 찼다. 그가 두만강 건너편에서 고국산천을 볼 때 어찌 기쁜지 뛰고 싶었다. 그러나 노수(路需, 노자. 먼 길을 떠나 오가며 드는 비용)가 없어서 노동으로 걸식하면서 온 그는 첫째 경제 문제를 생각지 않을 수 없었다. 다음 그의 가슴을 찌르는 것은 패자(敗者)라는 부끄러운 느낌이었다.

'아, 나는 패자다. 나날이 진보하는 도회에서 활동하는 모든 사람은

다 그새에 훌륭한 인물이 되었을 것이다. 나는 확실히 패자로구나……'

생각할 때 그는 그만 발 옮길 용기가 나지 않았다. 고국의 사람은 물론이요 돌이며 나무며 심지어 땅에 기어 다니는 이름모를 벌레까지도 자기를 모욕하며 비웃으며 배척할 것같이 생각된다. 그러나 이미 편 춤이니 건너갈 수밖에 없다 하였다. 그는 사동탄(寺洞灘)에서 강을 건넜다. 수직(守直, 건물이나 물건을 맡아서 지키는 사람)이 순사는 어디 거진가 하여 그를 눈도 거들떠보지 않았다. 그러나 그에게는 다행이었다. 운심은 신회령역을 지나 이제야 푸른빛을 띤 물버들이 드문드문한 조그마한 내를 건넜다. 진달래 봉오리 방긋방긋하는 오산을 바른편에 끼고 중국 사람 채마밭을 지나 동문 고개에 올라섰다. 그의 눈에는 넓은 회령 시가가 보였다. 고기비늘 같은 잇댄 기와지붕이며 사이사이 우뚝우뚝 솟은 양옥이며 거미줄같이 늘어진 전봇줄이며 푸푸 푸푸 하는 자동차, 뚜뚜 하는 기차 소리며, 이전에 듣고 본 것이건만 그의 이목을 새롭게 하였다.

운심은 여관을 찾을 생각도 없이 비스듬한 큰길로 터벅터벅 걸었다. 어느새 해가 졌다. 전기가 켜졌다. 아직 그리 어둡지 않은 거리에 드문드문 달린 전등, 이 집 저 집 유리창으로 흘러나오는 붉은 불빛, 황혼 공기에 음파를 전하여 오는 바이올린 소리, 길에 다니는 말쑥한 사람들은 운심에게 딴 세상의 느낌을 주었다. 그의 몸은 솜같이 휘주근하고(몹시 지쳐서 기운이 없고 축 늘어져 있고) 등에 붙은 점심 못 먹은 배는 꼴꼴 운다.

"객줏집을 찾기는 찾아야 할 터인데 돈이 있어야지……."

그는 홀로 중얼거리면서 길 한편에 발을 멈추고 섰다.

밤은 점점 어두워간다. 전등빛은 한층 더 밝다. 짐을 잔뜩 실은 우차

가 삐걱삐걱 소리를 내면서 그의 앞을 지나갔다. 그의 머리 위 넓고 푸른 하늘에 무수히 가물거리는 별들은 기구한 제 신세를 엿보는 듯이 그는 생각났다. 어디에선지 흘러오는 누릿한 음식 냄새는 그의 비위를 퍽 상하였다.

운심은 본정통에 나섰다. 손 위로 현등(懸燈, 높이 매단 등) 아래 '회령여관'이라는 간판이 걸렸다. 그는 그 문 앞에 갔다. 전등 아래의 그의 낯빛은 창백하였다.

'들어갈까? 어쩌면 좋을까?'

하고 그는 망설였다. 이때에 안경 쓴 젊은 사람이 정거장에 통한 길로 회령여관 문을 향하여 들어온다. 그 뒤에 갓 쓴 이며 어린애 업은 여자며 보퉁이 지고 바가지 든 사람들이 따라 들어온다.

"어서 들어가십시오. 여관을 찾습니까?"

그 안경 쓴 자가 조그마한 보따리를 걸머지고 주저거리는 운심이를 보면서 말을 붙인다. 그러나 운심은 대답이 없었다.

"자, 갑시다. 방도 덥구 밥값도 싸지요."

운심은 아무 소리 없이 방에 들어갔다. 방은 아래위 양간이었다. 그리 크지는 않으나 그리 더럽지도 않았다. 양방에다 천장 가운데 전등이 달렸다. 벽에는 산수화가 붙어 있었다. 안경 쓴 자와 함께 오던 사람들도 운심이와 한방에 있게 되었다.

저녁상을 받은 운심은 밥을 먹기는 먹으면서도 밥값 치러 줄 걱정에 가슴이 답답하였다. 이를 어쩌누! 밥값을 못 주면 이런 꼴이 어디 있나! 어서 내일부터 날삯(그날그날 셈하는 품삯. 그렇게 품삯을 받고 하는 일)이라도 해야지…… 하는 생각에 밥맛도 몰랐다.

*

서간도로 간 운심은 그곳에 정착하지 못한다

바로 삼일운동이 일어나던 해 봄이었다. 그는 서간도로 갔다. 처음 그는 백두산 뒤 흑룡강가 청시허라는 그리 크지 않은 동리에 있었다. 생전에 보지 못하던 험한 산과 울창한 삼림과 듣지도 못하던 홍우적(마적) 홍우적 하는 소리에 간담이 써늘하였다.

그러나 하루 지나고 이틀 지나 차차 몇 달 되니 고향 생각도 덜 나고 무서운 마음도 덜하였다. 이리하여 이곳서 지내는 때에 그는 산에나 물에나 들에나 먹을 것에나 입을 것에나 조금의 부자유가 없었다. 그러한 부자유는 없었으되 그의 심정에 닥치는 고민은 나날이 깊었다. 벽장골 (벽을 뚫고 만든 작은 장 같은 골짜기) 같은 이곳에 온 후로 친한 벗의 낯은 고사하고 편지 한 장 신문 한 장도 못 보았다. 이곳 사람들은 그의 벗이 되지 못하였다. 토민들은 운심이가 머리도 깎고 일본말도 할 줄 아니 탐정꾼이라고 처음에는 퍽 수군덕수군덕하였다. 산에 돌아다니면서 사냥을 일삼는 옛날 의병 찌터러기(찌꺼기. 쓸만하거나 값어치가 있는 것을 골라낸 나머지)들도 부러 운심이 보러 온 일까지 있었다. 이곳에 사는 사람은 함경도·평안도·황해도 사람이 많다. 거기 생활 곤란으로 와 있고 혹은 남의 돈 지고 도망한 자, 남의 계집 빼 가지고 온 자, 순사 다니다가 횡령한 자, 노름질하다가 쫓긴 자, 살인한 자, 의병 다니던 자, 별별 흉한 것들이 모여서 군데군데 부락을 이루고 사냥도 하며 목축도 하며 농사도 하며 불한당질도 한다. 그런 까닭에 윤리도 도덕도 교육도 없다. 힘센 자가 으뜸이요 장수며 패왕이다. 중국 관청이 있으나 소위 경찰부장이 아편을 먹으면서 아편 장수를 잡아다 때린다.

운심은 동리 어린아이들을 모아 놓고 이야기도 하고 글도 가르쳤다. 그러나 그네들은 운심의 가르침을 이해치 못하였다. 운심이는 늘 슬펐다. 유위(有爲, 쓸모가 있음)의 청춘이 속절없이 스러져가는 신세 되는 것이 그에게는 큰 고통이었다.

운심은 그 고통을 잊기 위하여 양양(陽陽)한(몹시 세차고 도도한 데가 있는) 한 강풍을 쐬면서 고기도 낚고 그림 같은 단풍 그늘에서 명상도 하며 높은 봉에 올라 소리도 쳤으나 속 깊이 잠긴 그 비애는 떠나지 않았다. 산골에 방향을 주는 냇소리와 푸른 그늘에서 흘러나오는 유량(嚠喨)한(음악 소리가 거침없이 맑으며 또렷한) 새의 노래로는 그 마음의 불만을 채우지 못하였다. 도리어 수심을 더하였다. 그는 항상 알지 못할 딴 세상을 동경하였다.

청시허를 떠나는 운심을 보며 박돌만이 눈물을 흘린다

산은 단풍에 붉고, 들은 황곡에 누른 그해 가을에 운심이는 청시허를 떠났다. 땀냄새가 물씬물씬한 여름옷을 그저 입은 그는 여름 삿갓을 쓴 채 조그마한 보따리를 짊어지고 지팡이 하나를 벗하여 떠났다. 그가 떠날 때에 그곳 사람들은 별로 섭섭하다는 표정이 없었다. 모두 문 안에

서서,

"잘 가슈."

할 뿐이었다. 다만 조석으로 글 가르쳐준 열세 살 난 어린것 하나가,

"선생님, 짐을 벗소. 내 들고 가겠소."

하면서 청시허서 십 리 되는 다사허 고개까지 와서 "선생님 평안히 가오. 그리고 빨리 오오" 하면서 운다. 운심이도 울었다. 애끊게 울었다. 어찌하여 울게 되었는지 운심이 자신도 의식치 못하였다. 한참 울다가 주먹으로 눈물을 씻고 돌아서 보니 그 아이는 그저 운다. 운심이는 그 아이의 노루 꼬리만 한 머리를 쓰다듬으면서,

"어서 가거라, 내가 빨리 당겨오마."

말을 마치지 못하여 그는 또 울었다. 온 세계의 고독의 비애는 자기 홀로 가진 듯하였다. 운심이는 눈을 문지르는 어린애 손을 꼭 쥐면서,

"박돌아! 어서 가거라, 내달이면 내가 온다."

"나는 아버지가 내 말만 들었으면 선생님과 가겠는데……."

하면서 또 운다. 운심이도 또 울었다. 이 두 청춘의 눈물은 영별(永別, 영원한 이별)의 눈물이었다.

물을 건너고 산을 넘어 허덕허덕 홀로 갈 때에 돌에 부딪히며 길에 끌리는 지팡이 소리만 고요한 나무 속의 평온한 공기를 울렸다. 그의 발길은 정처가 없었다. 해 지면 자고 해 뜨면 걷고 집이 있으면 얻어먹고 없으면 굶으면서 방랑하였다. 물론 이슬에도 잠잤으며 풀뿌리도 먹었다.

운심은 독립군에게 잡혀 군인 생활을 하게 된다

이때는 한창 남북 만주에 독립단이 처처에 벌떼같이 일어나서 그 경계선을 앞뒤에 늘인 때였다. 청백한 사람으로서 정탐꾼이라고 독립군 총에 죽은 사람도 많았거니와 진정 정탐꾼도 죽은 사람이 많았다. 운심이도 그네들 손에 잡힌 바 되어 독립당 감옥에 사흘을 갇혔다가 어떤 아는 독립군의 보증으로 놓였다. 그러나 피 끓는 청춘인 운심이는 그저 있지 않았다. 독립군에 뛰어들었다. 배낭을 지고 총을 멨다. 일시는 엄벙벙한(어리둥절하여 갈피를 잡을 수 없는) 것이 기뻤다. 그러나 날이 가고 달이 갈수록 그 군인 생활이 염증이 났다.

그리고 그는 늘 고원을 바라보고 울었다. 이상을 품고 울었다. 그 이듬해 간도 소요를 겪은 후로 독립당의 명맥이 일시 기운을 펴지 못하게 됨에 군대도 해산되다시피 사방에 흩어졌다. 운심이 있던 군대도 해산되었다. 배낭을 벗고 총을 집어던진 운심이는 여전히 표랑(漂浪, 정처없이 떠돌아다님)하였다. 머리는 귀밑을 가리고 검은 낯에 수염이 거칠었다. 두 눈에는 항상 붉은 핏발이 섰다. 어떤 때에 그는 아편에 취하여 중국 사람 골방에 자빠진 적도 있었으며, 비바람을 무릅쓰고 사냥도 하였다. 그러나 이방의 괴로운 생활에 시화(詩化)되려던 그의 가슴은 가을바람에 머리 숙인 버들가지가 되고 하늘이라도 뚫으려던 그 뜻은 이제 점점 어둑한 천인갱참(千仞坑塹, 천 길이나 되는 깊은 구덩이)에 떨어져 들어가는 줄 모르게 떨어져 들어감을 그는 깨달았다. 그는 신세를 생각하고 울었다. 공연히 소리를 지르면서 뛰어도 다녔다.

이 모양으로 향방 없이 표랑하다가 지금 본국으로 돌아오기는 왔다. 내가 찾아갈 곳도 없고 나를 기다려주는 이도 없건만 나도 고국으로 돌아왔다. 알 수 없는 무엇이 나를 이리로 이끈 것이었다. 그러나 이로부터 어디로 가랴.

*

여관 앞에 '도배장이 나운심'이라는 문패가 걸린다

운심이가 회령 오던 사흘째 되는 날이다. 회령여관에는 도배장이 나운심(塗褙匠 羅雲深)이라는 문패가 걸렸다.

이야기 따라잡기

　삼일운동이 일어나던 해 운심은 큰 뜻을 품고 고국을 떠나 서간도로 건너간다. 흑룡강가의 청시허라는 곳으로 간 운심은 동네 아이들을 모아 가르치며 생활한다. 그러나 동네 사람들은 운심을 탐정꾼이라며 수군덕거리고, 아이들은 운심의 가르침을 이해하지 못한다. 실망한 운심은 결국 딴 세상을 동경하여 청시허를 떠나기로 한다. 그가 떠나는 날, 모두들 섭섭하지 않다는 표정으로 운심을 배웅하나, 박돌만이 운심의 떠남에 슬퍼하며 눈물을 흘린다.

　청시허를 떠나 방황하던 운심은 독립군에게 잡힌 것을 계기로 독립군에 뛰어든다. 그러나 이방에서의 군인 생활에 염증과 힘듦을 느끼게 되던 중 독립군이 해산하게 되자, 운심은 다시 여기저기 방황한다.

　그렇게 그는 고국을 떠난 지 5년 만에 다시 고국으로 돌아간다. 초라하고 힘없는 모습이 된 운심을 알아보는 이는 아무도 없다. 운심은 고향을 바라보며 희망과 기대를 품음과 동시에 자신이 패자라는 생각을 갖는다.

　운심이 회령에 온 지 사흘 째 되는 날 여관 앞에는 '도배장이 나운심' 이라는 문패가 걸린다.

쉽게 읽고 이해하기

일제강점기 이주민의 현실

　운심은 3·1 운동이 일어나던 해 봄 서간도로 간다. 그곳은 험한 산과 울창한 삼림, 그리고 마적이 돌아다니는 무섭고도 두려운 곳이다. 그러나 이주민들은 거기에 차츰 적응해 간다. 고국에서는 없던 자유로운 삶이 있었기 때문이다. 일제강점기에 자유를 찾아 험하고 낯선 이국으로의 이민은 하층민에게는 하나의 희망이었다.

　그러나 이국의 형편은 고국보다 나은 것이 없다. 서간도에는 생활이 곤란하여 와 있는 사람도 있었지만, 남의 돈을 떼먹고 도망 온 사람, 다른 집 여자를 데리고 도망 온 사람, 순사를 하다가 공금 횡령한 사람, 노름질하다가 쫓기고 있는 사람과 살인자 등 흉악범도 있으며 의병을 다니다가 살기 위해 들어온 사람 등 별의별 사람들로 가득하다. 이런 사람들이 모여 부락을 이루고 목축이며 농사로 생활을 하지만, 불한당질도 끊이지 않는다. 이곳에는 윤리도 없고 도덕도 없으며, 교육도 없다.

　이상을 품고 이를 실천하기 위해 간도에서 노력했지만, 돌아오는 것은 무관심과 좌절뿐이다. 결국 운심은 이주민으로서의 삶에 회의를 느끼고 다시 아무도 반기지 않는, 알아보는 사람 하나 없는 고국으로 돌아간다.

관념적 지식인의 몰락

이런 서간도의 현실 속에서도 운심은 지식인으로서 자신의 이상을 펼치기 위해 아이들을 모아 놓고 이야기도 해 주고 글도 가르친다. 그러나 아이들은 운심의 가르침을 이해하지 못하고 운심은 점점 지쳐 간다. 결국 운심은 간도에서의 생활을 견디다 못해 고국으로 돌아갈 것을 결심한다. 그러나 그가 떠날 때 사람들은 별로 섭섭해하지 않는다. 정이 없는 사회, 먹고살기 위해 정신적인 것을 잃어버린 삭막함이 지배하는 사회에서 지식인의 이상은 아무런 효과도 얻지 못한다.

간도에서 조선을 향할 때의 운심은 무엇인가 기대와 희망에 차 있지만 그것은 오래가지 못한다. 노동으로 겨우 끼니를 해결하면서 고국으로 돌아온 그는 먼저 생활할 것을 걱정하지 않을 수 없다. 결국 지식인의 이상도 현실적으로 도움을 줄 수 없을 쓸모없는 것에 불과하다. 배고픈 소크라테스보다 배부른 돼지가 더 살기 좋은, 오로지 먹기 위해 사는 세상인 것이다.

이러한 모순적 사회에서 운심이 할 수 있는 것은 아무것도 없다. 스스로를 패자라고 느끼면서 자괴감에 빠진 그는 결국 기대와 희망을 모두 버리고 도배장이가 된다. 나라를 잃은 상황에서 현실적인 이익을 주지 못할 때 지식인의 이상과 양심은 아무런 효과도 발휘할 수 없다. 결국 고국에 돌아와서는 지식인으로서의 삶보다는 도배장이로서의 삶을 선택하게 되는 것이다.

「고국」은 관념적 지식인의 몰락, 암울한 현실에서 경제적 가치가 우선되는 사회, 남과 어울려 사는 삶보다는 자신의 안위가 먼저인 사회에서 좌절할 수밖에 없는 지식인의 모습을 그리고 있다.

한국 문학을 읽는다

「박돌의 죽음」(『조선문단』, 1925)은

1920년대 간도로 이주해 간

조선인의 빈궁한 삶과 계급 간의 갈등을

보여 주는 단편소설로

가난으로 인해 목숨까지

잃은 빈곤한 하층민의

생활과 저항 의식을 그리고 있다.

박돌(朴乭)의 죽음

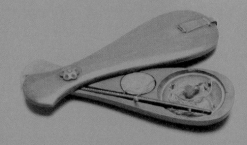

그의 몸에는 누더기가 걸치었다. 곁에 앉은 그 어머니는
가슴을 치면서 큰 소리 없이 꺽꺽 흑흑 느껴 울다가도
박돌의 낯에 뺨을 대고는 울고, 가슴에 손을 넣어 보고 한다.
그러나 박돌은 고요히 누워 있다.

등장인물

박돌 어미   모성애가 강한 인물. 아들(박돌)의 죽음을 계기로 모순된 현실 사회를 더욱
실감하고 자식을 죽게 만든 김 초시를 응징한다.

박돌   애비 없이 자란 열두 살 된 아이. 썩은 고등어 대가리를 먹고 시름시름 앓
다가 약 한 첩 먹어 보지 못하고 죽는다.

김 초시   의사. 물질만능주의에 빠져 의술을 돈과 관련지어 상업적으로 이용한다.
힘없는 가난한 사람들에게 비인간적이고 냉소적으로 대한다.

박돌(朴乭)의 죽음

1

박돌 어미는 김 초시를 찾아간다

밤은 자정이 훨씬 넘었다.

이웃의 닭소리는 검푸른 새벽빛 속에 맑게 흐른다. 높고 푸른 하늘에 야광주(夜光珠, 어두운 밤에도 빛을 내는 구슬)를 뿌려 놓은 듯이 반짝이는 별들은 고요한 대지를 향하여 무슨 묵시(은연중에 뜻을 나타냄)를 주고 있다. 나뭇잎에서는 이슬 듣는 소리가 고요하다. 여름밤이건만 새벽녘이 되니 부드럽고도 쌀쌀한 기운이 추근하게(축축하게) 만상(萬象)을 소리 없이 싸고돈다.

남자인지 여자인지, 어둠 속에 잘 분간할 수 없는 히슥한(북한말. 색깔이 조금 허연) 그림자가 동계사무소(洞契事務所) 앞 좁은 골목으로 허둥허둥 뛰어나온다.

고요한 새벽이슬에 추근한 땅을 울리면서 나오는 발자취는 퍽 산란하다. 쿵쿵 하는 음향(音響)은 여러 집 울타리를 넘고 지붕을 건너서 어둠 속으로 규칙 없이 퍼져 나간다.

어느 집 개가 몹시 짖는다. 또 다른 집 개도 컹컹 짖는다. 캥캥한 발바리 소리도 난다.

뛰어나오는 그림자는 정직상점(正直商店) 뒷골목으로 휙 돌아서 내려간다. 쿵쿵쿵…….

서너 집 내려와서 어둠 속에 잿빛같이 보이는 커다란 대문 앞에 딱 섰다. 헐떡이는 숨소리는 고요한 공기를 미미히 울린다. 그 그림자는 대문에 탁 실린다. 빗장과 대문이 맞찔겨서(서로 맞찔려서) 삐걱 하고는 열리지 않았다.

"문으 좀 벗겨 주오!"

무엇에 쫓긴 듯이 황겁한 소리는 대문 안 마당의 어둠을 뚫고 저편 푸른 하늘 아래 용마루선(線)이 죽 그인 기와집에 부딪혔다.

"문으 좀 열어 주오!"

이번에는 대문을 두드리고 밀면서 고함을 친다. 소리는 퍽 황겁하나 가늘고 챙챙한(목소리가 야무지고 맑은) 것이 여자다 하는 것을 직각케 한다.

"에구 어찌겠는구? 이 집에서 자음메? 문으 빨리 벗겨 주오!"

절망한 듯이 애처로운 소리를 치면서 문을 쿵쿵 치다가는 삐걱삐걱 밀기도 하고, 땅에다가 배를 붙이고 대문 밑으로 기어 들어가려고도 애를 쓴다. 대문 울리는 소리는 주위의 공기를 흔들었다.

이웃집 개들은 그저 몹시 짖는다.

닭은 홰를 치고 꼬꽤요 한다.

"그게 뉘기요?"

안에서 선잠 깬 여편네 소리가 들린다.

"에구, 깼구면!"

엎드려서 배밀이하던 여인은 벌떡 일어나면서,

"내요, 문으 좀 벗겨 주오!"

한다. 그 소리는 아까보다 좀 나직하다.

"내라는 게 뉘기요? 어째 왔소?"

안에서는 문을 벌컥 열었다. 열린 문이 벽에 부딪히는 소리가 탁 하고 울타리에 반향하였다.

"초시(初試) 있소? 급한 병이 있어 그럼메!"

컴컴하던 집 안에 성냥불빛이 가물가물하다가 힘없이 스러지는 것이 대문 틈으로 보였다. 다시 성냥불빛이 번득하더니 당그렁 잘랑 하는 램프 유리의 부닥치는 소리와 같이 환한 불빛이 문으로 흘러나와 검은 땅을 스쳐 대문에 비쳤다. '에헴' 하는 사내의 기침 소리가 들렸다. 칙칙거리는 어린애 울음소리가 난다. 불빛이 언뜻하면서 문으로 여인이 선잠 깬 하품 소리를 '으앙' 하며 맨발로 저벅저벅 나와서 대문 빗장을 뽑았다.

"뉘기요?"

들어오는 사람을 기웃이 본다.

"내요."

밖에 섰던 여인은 대문 안으로 들어섰다.

"나는 또 뉘기라구? 어째서 남 자는 밤에 이 야단이오?"

안에서 나온 여인은 입을 씰룩하였다.

"에구, 박돌(朴乭)이 앓아서 그럽메! 초시 있소?"

밖에서 들어온 여인은 떨리는 목소리로 아첨 비슷하게, 불빛에 오른쪽 볼이 붉은 주인 여편네를 건너다본다.

"있기는 있소."

주인 여편네는 휙 돌아서서 안으로 들어가더니,

"저두에 파충댁이로구마! 의원이구 약국이구 걷어치우오! 잠두 못 자게 하구!"

소리를 지른다. 캥캥한 소리는 몹시 쌀쌀하였다. 지금 온 여인은 툇마루 아래에 서서 머리를 숙였다 들면서 한숨을 휴 쉬었다.

정주(鼎廚, 부엌과 안방 사이 벽이 없이 부뚜막에 방바닥을 잇달아 꾸민 부엌)에서 한참 동안이나 부스럭부스럭하는 소리가 나더니 사잇문 소리가 덜컥 하면서 툇마루 놓인 방문 창에 불빛이 가득 찼다.

"에헴, 들오!"

다 쉬어 빠진 호박통을 두드리는 듯한 사내의 소리가 들린다. 밖에 섰던 여인은 툇마루에 올라섰다. 문을 열었다. 방에서 흘러나오는 불빛은 마루에 떨어졌다. 약 냄새는 코를 쿡 찌른다.

2

박돌을 살려달라고 애원하나 김 초시는 들어주지 않는다

"하, 그거 안됐군. 그러나 나는 갈 수 없는데……."

몸집이 뚱뚱하고 얼굴에 기름이 번질번질한 의사(김 초시)는 창문 정면에 놓인 약장에 기대앉았다.

"에구 초시사, 그래 쓰겠소? 어서 가 봐 주오."

문 앞에 황공스럽게 쫑그리고(긴장하여 몸을 잔뜩 쪼그리고) 앉은 여인의 사들사들한(약간씩 시들어 가거나 시든 듯한) 낯에는 어색한 웃음이 떠올랐다.

"글쎄 웬만하문사 그럴 리 있겠소마는, 어제부터 아파서 출입이라구 못 하고 있소. 에헴, 에헴, 악."

의사는 입에 물었던 담뱃대를 뽑아들더니 안 나오는 기침을 억지로 끄집어내어 가래를 타구(가래나 침을 뱉는 그릇)에 뱉는다.

"그게(박돌) 애비 없이 불쌍히 자란 게 죽어서 쓰겠소? 거저 초시께 목숨이 달렸으니 살려 주오."

의사는 땟국이 꾀죄한 여인을 힐끗 보더니,

"별말을 다 하오. 내 염라대왕이니 목숨을 쥐고 있겠소? 글쎄 하늘이 무너진대도 못 가겠소."

하며 담배 연기를 휙 내뿜고 이마를 찡기면서 천장을 쳐다본다. 흰 연기는 구름발같이 휘휘 돌아서 꺼멓게 그은 약봉지를 대롱대롱 달아 놓은 천장으로 기어올라서는 다시 죽 퍼져서 방 안에 찼다. 오줌 냄새, 약 냄새에 여지없는 방 안의 공기는 캐한 연기와 어울려서 코가 저리도록 불쾌하였다.

"제발 살려 줍시요. 네? 그 은혜는 뼈를 갈아서라도 갚아 드리오리! 네 어서 가 봐 주오."

"글쎄 못 가겠는 거 어찌겠소? 이제 바람을 쏘이고 걷고 나면 죽게 앓겠으니…… 남을 살리자다가 제 죽겠소."

"가기는 어듸로 간단 말이오? 어제해르, 그레, 또 밤새끈 앓구서리."

의사의 말 뒤를 이어 정주에서 주인 여편네가 캥캥거린다.

여인은 머리를 푹 숙이고 앉았더니,

"그러문 약이라도 멧 첩 지어 주오."

한다.

"약종(약재)이 부족해서 약을 못 짓는데."

의사는 몸을 비틀면서 유들유들한 목을 천천히 돌려서 약장을 슬근히 돌아본다.

"약값 염례는 조곰도 말고 좀 지어 주오!"

"아, 글쎄 약종이 없는 것을 어떻게 짓는단 말이오? 자, 이거 보오!"

하더니 빈 약서랍 하나를 뽑아서 방바닥에 덜컥 놓는다.

"집에 돼지 새끼 하나 있으니 그거 모레 장에 팔아 드릴게 좀 지어 주오."

"하, 이 앞집 김 주사도 어제 약 지러 왔다가 못 지어 갔소."

의사는 어이없다는 듯이 입을 벌린다.

"그래 못 져 주겠소?"

푹 꺼진 여인의 눈은 이상스럽게 의사의 낯을 쏘았다. 의사는,

"글쎄 어떻게 짓겠소?"

하면서 여인이 보내는 시선을 피하려는 듯이 미닫이 두껍집에 붙인 산수화(山水畵)를 본다.

"에구, 내 박돌이는 죽는구나! 한심한 세상두 있는 게?"

여인의 소리는 애참하게(슬프고 참혹하게) 울음에 젖었다. 때가 지덕지덕한(북한말. 먼지나 때 같은 것이 여기저기 묻어 더러운) 뺨을 스쳐 흐르는 눈물은 누더기 같은 치마에 떨어졌다.

"에, 곤하군. 아함! 어서 가 보오."

의사는 하품과 기지개를 치면서 일어섰다. 여인은 눈물을 쓱쓱 씻더니 벌떡 일어섰다.

"너무 한심하구먼! 돈이 없다구 너무 업시비 보지 마오. 죽는 사람을 살려 주문 어떠오? 혼자 잘 사오."

여인의 눈에는 이상한 불빛이 섬뜩하였다. 그 목소리는 싹 에는(칼로 도려낸) 듯이 아츠럽게(북한말. 보거나 듣기에 견디기 어려울 정도로 거북하게) 들렸다. 의사는 가슴이 꿈틀하였다.

3

박돌 어미를 그냥 보낸 김 초시 내외는 뒤숭숭해진다

여인은 갔다.

한 집 건너 두 집 건너 닭 우는 소리가 요란하다. 이웃에서 개 짖는 소

리도 들렸다.

포플러 잎에서는 이슬 듣는 소리가 은은하다.

"별게 다 와서 성화를 시키네!"

여인이 간 뒤에 의사는 대문을 채우고 안으로 들어오면서 중얼거렸다.

"그까짓 거렁뱅들께 약을 주구 언제 돈을 받겠소? 아예 주지 마오."

주인 여편네는 뾰로통해서 양양거린다.

"흥, 그리게 뉘기 주나?"

의사는 방문을 닫으면서 승리나 한 듯이 콧소리를 친다.

"약만 주어 보오? 그놈의 약장, 도끼로 바사 놓게."

의사의 내외는 다시 불을 끄고 자리에 누웠으나 두루 뒤숭숭하여 졸음이 오지 않았다.

4

박돌의 병세가 악화되고, 박돌 어미는 가슴을 졸인다

"에구, 제마(어머니)! 에구 배야!"

박돌이는 이를 갈고 두 손으로 배를 웅크려 잡으면서 몸을 비비 틀기도 하고 벌떡 일어앉았다는 다시 눕고, 누웠다가는 엎드리고 하며 몸 지접할(몸을 붙여 의지할) 곳을 모른다.

"에구, 내 죽겠소! 왝, 왝."

시큼하고 넌들넌들한(어지럽고 지저분하게 늘어져 있는) 검푸른 액(液)을 코와 입으로 토한다. 토할 때마다 그는 소름을 치고 가슴을 뜯는다. 뱃속에서는 꾸르르꿀 꾸르르꿀 하는 물소리가 쉴 새 없다. 물소리가 몹시 나다가 좀 멎는다 할 때면 쏴 뿌드득 뿌드득 쏴 하고 설사를 한다. 마대 조각으로 되는대로 기워서 입은 누덕바지는 벌써 똥물에 죽이 되었다.

"에구, 어찌겠니? 의원(醫員) 놈도 안 봐 주니…… 글쎄 이게 무슨 갑작병인구?"

어머니는 토하는 박돌의 이마를 잡고 등을 친다.

"에구, 이거 어찌겠는구? 배 아프냐?"

어머니는 핏발이 울울한(빽빽하여 매우 무성한) 박돌의 눈을 들여다보았다. 눈이 휘둥그레서 급한 호흡을 치는 박돌이는 턱 드러누우면서 머리만 끄덕인다. 어머니는 박돌의 배를 이리저리 누르면서,

"여기냐? 어디 여기는 아니 아프냐? 응, 여기두 아프냐?"

두서없이 거듭거듭 묻는다.

"골은 아니 아프냐? 골두 아프지?"

그는 빤한(어두운 가운데 밝은 빛이 비쳐 조금 환한) 기름불 속에 열이 끓어서 검붉게 보이는 박돌의 이마를 짚었다. 박돌이는 으흐 으흐 하면서 머리를 꼬드기려다가(뒤로 세우려다가) 또 왝 하면서 모로 누웠다. 입과 코에서는 넌들넌들한 건물(걸쭉한 물)이 울컥 주르륵 흘렀다.

"에구! 제마! 에구, 내 죽겠소! 헤구!"

박돌이는 또 쏜다. 그의 바지는 벗겼다(벗겨졌다). 꺼끌꺼끌한 거적자리 위에 누운 그의 배는 등에 착 달라붙었다. 그는 가슴을 치고 쥐어뜯고, 목을 늘였다 쪼그리면서 신음한다.

"늬 죽겠구나! 응, 박돌아, 박돌아! 야, 정신을 차려라. 에구, 약 한 첩
못 써 보고 마는구나! 침(鍼)이래도 맞혀 봤으면 좋겠구나!"

박돌이는 낯빛이 검푸르면서 도끼눈을 떴다. 목에서는 담 끓는 소리
가 퍽 괴롭게 들렸다.

"에구, 뒷집 생원(서방님)은 어째 아니 오는지. 박돌아!"

박돌이는 눈을 떴다. 호흡은 급하고 높았다.

"제마! 주[橘 ; 귤]를 먹었으문!"

"줄(귤)으? 에구, 줄이 어듸 있니?"

어머니는 한숨을 쉬면서 등불을 쳐다본다. 그 눈에는 눈물이 고였다.

"그러문 냉수(冷水)를 좀 주오!"

"에구, 찬물을 자꾸 먹구 어찌겠니?"

"애고고고……."

박돌이는 외마디소리를 치더니 도끼눈을 뜨면서 이를 빡 간다.

젊은 주인이 나와 쑥뜸이나 떠 보라 한다

뒷집에 있는 젊은 주인이 나왔다. 어둑충충한(북한말. 흐리고 어둑한) 등
불 속에서 무겁게 흐르던 께저분한(너절하고 지저분한) 공기는 새로 들어온
사람에게 몰려들었다. 젊은 주인은 부엌에 선 대로 구들을 올려다보면
서 이마를 찡그렸다.

찢기고 뚫어지고 흙투성이 된 거적자리 위에서 신음하는 박돌 모자의
그림자는 혼탁(混濁)한 공기와 빤한 불빛 속에 유령같이 보였다.

"어째 이원(醫員 ; 의원)은 아니 보임메?"

젊은 주인은 책망 비슷하게 내뿜었다.

"김 초시더러 봐 달라니 안 옵데. 돈 없는 사람이라구 봐 주겠소? 약두 아니 져 주던데!"

박돌 어미의 소리는 소박을 맞아 가는 젊은 여자의 한탄같이 무엇을 저주하는 듯 떨렸다.

"뜸이나 떠 보지비?"

"그래 볼까? 어디를 어떻게 뜨믄 좋은지? 생원이 좀 떠 주겠소? 떠 주오. 쑥은 얻어 올게."

"아, 그것두 뜰 줄 모릅네? 숫구녕(평안도 방언. 숨구멍)에 쑥을 비벼 놓고 불을 달믄 되지! 그런 것두 모르구 어떻게 사오?"

"떠 봤을세 알지, 내 어떻게 알겠소!"

박돌 어미는 어색한 웃음을 지으면서 젊은 주인을 쳐다보았다.

"체하잖았소?"

"글쎄 어쩠는둥?"

박돌 어미는 박돌이를 본다.

"어젯밤에 무스거 먹었소?"

"갱게(감자)를 삶아 먹구…… 그리구 너무두 먹구 싶어하기에 뒷집에서 버린 고등어 대가리를 삶아 먹구서는 먹은 게 없는데!"

"응, 그게루군! 문(傷 ; 상. 상한) 고등어 대가리를 먹으믄 죽는대두! 그거는 무에라구 축축스럽게(더럽고 게걸스럽게) 줏어 먹소?"

젊은 주인은 입을 씰룩하였다.

"에구, 그게(고등어) 그런가? 나는 몰랐지! 에구, 너무두 먹구 싶어서 먹었더니 그렇구마. 그래서 나도 골과 배가 아팠던 게로군! 그러나 나는 이내 겨워(토하여) 버렸더니 일 없구면."

박돌 어미는 매를 든 노한 상전 앞에 선 어린 종같이 젊은 주인을 쳐다본다.

"우리 집에 쑥이 있으니 갖다 뜸이나 떠 주오. 에익, 축축하게 썩은 고기 대가리를 먹다니?"

젊은 주인은 뒤도 안 돌아보고 나가버린다.

"에구, 한심한 세상도 있는 게! 의원만 그런 줄 알았더니 모두 그렇구나!"

박돌 어미의 눈에는 또 눈물이 고였다. 가슴은 빠지지하다. 어쩌면 좋을지 앞뒤가 캄캄할 뿐이다. 온 세상의 불행은 혼자 안고 옴짝달싹할 수 없이 밑도 끝도 없는 어둑한 함정으로 점점 밀려 들어가는 듯하였다.

쫑그리고 무릎 위에 손을 꽂고 불을 판히(빤히) 쳐다보는 그의 눈은 유리를 박은 듯이 까딱하지 않는다. 때가 꺼먼 코 아래 파랗게 질린 입술은 뜨거운 불기운을 받은 가지[茄子 ; 가재]처럼 초들초들하다(입술이나 목이 마르면서 타 들어간다). 그의 눈에는 등불이 큰 물 항아리같이 보였다가는 작은 술잔같이도 보이고 두셋이나 되었다가는 햇발같이 아래위 좌우로 실룩실룩 퍼지기도 한다.

"응, 내 이게 잊었구나! ……쑥을 가져와야지."

박돌의 괴로운 고함 소리에 비로소 자기를 의식한 박돌 어미는 번쩍 일어섰다.

5

쑥뜸을 놓았으나 박돌의 숨은 끊어진다

이웃집 닭은 세 홰나 운 지 이슥하다. 먼지와 그을음에 거뭇한 창문은 푸름하더니 흰하여졌다. 벽에 걸어 놓은 등불빛은 있는가 없는가 하리만치 희미하여지고, 새벽빛이 어둑하던 방 안을 점점 점령한다.

박돌의 호흡은 점점 미미하여진다. 느른하던 수족은 점점 꼿꼿하며 차다. 피부를 들먹거리던 맥박은 식어 가는 열과 같이 점점 사라져 버렸다. 이제는 구토도 멎고 설사도 멎었다. 몹시 붉던 낯은 창백하여졌다.

"으응 끽."

숯구녕에 놓은 뜸쑥이 타들어서 머리카락과 살 타는 소리가 뿌지직뿌지직 할 때마다 꼼짝 않고 늘어졌던 박돌이는 힘없이 감았던 눈을 떠서 애원스럽게 어머니를 쳐다보면서 괴로운 신음 소리를 친다. 그때마다 목에서 몹시 끓던 담 소리는 잠깐 그쳤다가 다시 그르렁그르렁한다.

박돌의 호흡은 각일각(刻—刻, 시간이 지남) 미미하다. 따라서 목에서 끓는 담 소리도 점점 가늘어진다.

"꺽."

박돌이는 페기(평안도 방언, 딸국질) 한 번을 하였다. 따라서 목에서 뚝 하는 소리가 났다. 박돌이는 소리 없이 눈을 휙 흡떴다. 두 눈의 검은자위는 곤줄을(거꾸로) 서고 흰자위만 보였다. 그의 낯빛은 핼끔하고 푸르다.

"바 바…… 박돌아! 야 박돌아! 에구, 박돌아!"

어머니는 박돌의 낯을 들여다보면서 싸늘한 박돌의 가슴을 흔들었다.

"야 박돌아, 박돌아, 박돌아! 이게 어쩐 일이냐, 으응 흑흑, 꺽꺽."

박돌 어미는 울면서 박돌의 가슴에 쓰러졌다.

밖에서 가고 오는 사람의 자취가 들린다. 개 짖는 소리, 닭 우는 소리, 새의 지절거리는 소리가 요란하다.

6

박돌 어미가 박돌의 죽음에 통곡한다

붉은 아침볕은 뚫어지고 찢기고 그을은 창문에 따뜻이 비쳤다.

서까래가 보이는 천장에는 까맣게 그을은 거미줄이 얼키설키 서리고 넌들넌들 달렸다. 떨어지고, 오리고, 손가락 자리, 빈대 피에 장식된 벽에는 누더기가 힘없이 축 걸렸다. 앵앵 하는 파리 떼는 그 누더기에 몰려들어서 무엇을 부지런히 빨고 있다. 문으로 들어서서 바로 보이는 벽에는 노끈으로 얽어 달아매 놓은 시렁이 있다. 시렁 위에는 금 간 사기 사발과 이 빠진 질대접 몇 개가 놓였다. 거기도 파리 떼가 웅성거린다. 부엌에는 마른 쇠똥, 짚 부스러기, 흙구덩이에서 주워 온 듯한 나뭇개비가 지저분하다.

뚜껑 없는 솥에는 국인지 죽인지 글어서(걸어서. '글다'는 '걸다'의 방언. 액체가 묽지 않고 내용물이 많고 진해서) 누릿한 위에 파리 떼가 어찌 욱실거리는지 물 담아 놓은 파리통 같다.

먼지가 풀썩풀썩 이는 구들, 거적자리 위에 박돌이는 고요히 누워 있다. 쥐마당같이 때가 지덕지덕한 그 낯은 무쇠빛같이 검푸르다. 감은 두 눈은 푹 꺼졌다. 삐쭉하게 벌어진 입술 속에 꼭 악문 누릿한 이빨이 보인다. 그의 몸에는 누더기가 걸치었다. 곁에 앉은 그 어머니는 가슴을 치면서 큰 소리 없이 꺽꺽 흑흑 느껴 울다가도 박돌의 낯에 빰을 대고는 울고, 가슴에 손을 넣어 보고 한다. 그러나 박돌이는 고요히 누웠다.

"흑흑, 바…… 바…… 박돌아! 에고, 내 박돌아! 너는 죽었구나! 약 한 첩 침 한 대 못 맞아 보고 너는 죽었구나! 에구, 하느님도 무정하지. 원통해서…… 꺽꺽 흑흑…… 글쎄 무슨 명이 그리두 짜르냐(짧냐)? 에구!"

그는 박돌의 가슴에 푹 엎드렸다. 박돌의 몸과 그의 머리에 모여 앉았던 파리 떼는 우아 하고 날아가다가 다시 모여 앉는다.

"애비 없이 온갖 설움을 다 맡아 가지고 자라다가 열두 살이나 먹구서…… 에구!"

머리를 들고 박돌의 푸른 낯을 들여다보며,

"박돌아, 야 박돌아!"

부르다가 다시 쓰러지면서,

"먹고 싶은 것도 못 먹고 입고 싶은 것도 못 입고 항상 배를 곯다가…… 좋은 세상 못 보고 죽다니? 휴! 제마! 제마! 나도 핵교(학교)를 갔으문 하는 것도 이놈의 입이 원쉬 돼서 못 보내고! 흑흑."

그는 벌떡 일어앉았다.

"에구, 하느님도 무정하지. 내 박돌이를, 내 외독자를 왜 벌써 잡아갔누? 나는 남에게 못할 짓 한 일도 없건마는."

그는 또 박돌이를 본다.

"박돌아! 에구, 줄을 먹었으면 하는 것도 못 멕였구나. 이렇게 될 줄 알았드면 돼지 새끼 하나 있는 거라도 주고 먹고 싶다는 거나 갖다줄걸. 공연히 부들부들 떨었구나! 애비 어미를 잘못 만나서 그렇게 됐구나!"

어제까지 눈앞에 서물거리던(어리숭한 것이 눈앞에 떠올라 자꾸 어른거리던) 아들이 죽다니! 거짓말 같기도 하고 꿈속 같기도 하다. "제마" 부르면서 툭툭 털고 일어나는 듯하다. 그는 기다리던 사람의 발자취를 들은 듯이 머리를 번쩍 들었다. 그러나 그 눈앞에는 아무도 없고 다만 액색(阨塞)히 (운수가 막혀 생활이나 행색 따위가 군색하게) 죽어 누운 박돌이가 보일 뿐이다.

"박돌아!"

그는 자는 애를 부르듯이 소리쳤다. 박돌이는 고요하다. 아아, 참말이다. 죽었다. 저것을 흙 속에 넣어? 이렇게 다시 생각할 때 또 눈물이 쏟아지고 천지가 아득하였다. 자기가 발붙이고 잡았던 모든 희망의 줄은 툭 끊어졌다. 더 바랄 것 없다 하였다.

그는 박돌의 뺨에 뺨을 비비면서 박돌의 가슴을 안고 쓰러졌다. 그의 가슴에는 엉클엉클한 연덩어리(납덩어리)가 꾹꾹 쑤심질하는 듯하고 목구멍에서는 겻불내(겨를 태우는 냄새)가 팽팽 돈다. 소리를 버럭버럭 가슴이 툭 터지도록 지르면서 물이든지 불이든지 헤아리지 않고 엄벙덤벙 날뛰었으면 속이 시원할 것 같다. 목구멍을 먼지가 풀썩풀썩하는 흙덩어리로 콱콱 틀어막아서 숨 쉴 틈 없는 통 속에다가 온몸을 집어넣고 꽉 누르는 듯이 안타깝고 갑갑하여 울려야 소리가 나지 않는다.

가슴이 뭉클하고 뿌지지하더니 목구멍에서 비린 냄새가 왈칵 코를 찌를 때, 그는 왝 하면서 어깨를 으쓱하였다. 그의 입에서는 검붉은 선지 피가 울컥 나왔다. 그는 쇠말뚝을 꽉 겯는(자빠지지 않게 서로 어긋매끼게 끼거나 걸치는) 듯한 가슴을 부둥키고 까무러쳤다.

문구멍으로 흘러드는 붉은 볕은 두 사람의 몸 위에 똥그란 인을 쳤다(도장을 찍었다). 뿌연 먼지가 누런 햇발 속에 서리서리 떠오른다. 파리 떼는 더욱 웅성거린다.

7

박돌 어미는 박돌의 환상을 보고 김 초시 집으로 뛰어간다

"제마! 애고! 아야! 내 제마!"

하는 소리에 박돌 어머니는 머리를 번쩍 들었다. 문을 내다보는 그의 두 눈은 유난히 번득였다.

이때 그의 눈 속에는 보이는 것이 있었다.

낮인가? 밤인가? 밤 같기는 한데 어둡지는 않고 낮 같기는 한데 볕이 없는 음침한 곳이다. 바람은 분다 하나 나뭇가지는 떨리지 않고 비는 온다 하나 빗소리는커녕 빗발도 보이지 않는 흐리머리한 빗속이다. 살이 피둥피둥하고 얼굴이 검붉은 자가 박돌의 목을 매어 끌고 험한 가시밭 속으로 달아난다.

"애고! 애고곡! 제…… 제마! 제마!"

박돌의 몸은 돌에 부닥치고 가시에 찢겨서 온몸이 피투성이가 되었다. 피투성이 속으로 울려 나오는 박돌의 신음 소리는 째릿째릿하게 들렸다.

"으응."

박돌 어미는 몸을 부르르 떨었다. 그는 머리를 번쩍 들었다. 모들뜬(눈동자를 한쪽으로 모아 앞을 바라보는) 두 눈에서는 이상스러운 빛이 창문을 냅다 쏜다. 그는 돼지를 보고 으르는 개처럼 이를 악물고 번쩍 일어서더니 창문을 냅다 차고 밖으로 뛰어나갔다.

먼지가 뿌연 그의 머리카락은 터부룩하여 머리를 흔드는 대로 산산이 흩날린다. 입과 코에는 피 흘린 흔적이 임리하고(액체가 흘러 흥건하고) 저고리와 치마 앞은 피투성이가 되었다.

"야 이놈아, 내 박돌이를 내놔라! 에구, 박돌아! 박돌아! 야 이느므새끼야, 우리 박돌이를 내놔라!"

그는 무엇을 뚫어지도록 눈이 퀭해 보면서 허둥지둥 뛰어간다.

"야 이놈아! 저놈이 저기를 가는구나!"

그는 동계사무소 앞 골목으로 내뛰더니 바른편으로 휙 돌아 정직상점 뒷골목으로 내리뛰면서 손뼉을 짝짝 친다. 산산한(흩어지는) 머리카락은 휘휘 날린다.

"에구, 저게 웬일이야?"

"박돌 어미가 미쳤네!"

"저게 웬 에미넨구(여편네인고)!"

길에 있던 사람들은 눈이 둥그레 피하면서 한마디씩 뇌인다. 웬 개 한 마리는 짖으면서 박돌 어미 뒤를 쫓아간다.

"이놈아! 저놈이 내 박돌이를 끌고 어디를 가늬? 응, 이놈아!"

뛰어가는 박돌 어미는 소리를 치면서 이를 간다. 도끼눈을 뜨는 두 눈에는 이상스런 빛이 허공을 쏘았다. 그 모양을 보는 사람은 누구나 소름을 치고 물러선다.

"이놈아! 이놈아! 거기 놔라. 저놈이 내 박돌이를 불 속에 집어넣네…… 에구구…… 끔찍도 해라. 에구, 박돌아!"

"응, 박돌아, 그 돌을 줴라! 꼭 붙들어라!"

박돌 어미는 이를 빡빡 갈면서 서너 집 지나 내려오다가 커단 대문 단기와집으로 쑥 들이뛴다. 그 대문에는 김병원 진찰소(金丙元診察所)라는 팔분(八分)으로 쓴 간판이 붙었다.

"저놈이…… 저 방으로 들어가지? 이놈! 네 죽어봐라, 가문 어디로 가겠늬! 이놈아, 내 박돌이를 어쨌늬? 내놔라! 내 박돌이를 내놔라! 글쎄 내 박돌이를 어쨌늬?"

박돌 어미는 김 초시의 낯을 물어뜯는다

두 눈에 불이 횡한 박돌 어미는 툇마루 놓인 방 미닫이를 차고 뛰어 들어가서 그 집 주인 김 초시의 멱살을 잡았다.

멱살을 잡힌 김 초시는 눈이 둥그레서,

"이…… 이…… 이게…… 무슨 일이야?"

하며 황겁하여(겁이 나서 얼떨떨하여) 윗방으로 들이뛰려고 한다.

"이놈아! 네가 시방 우리 박돌이를 끌어다가 불 속에 넣었지? 박돌이를 내놔라! 박돌아!"

날카롭고 처량한 그 소리에 주위의 공기는 싹싹 에어지는 듯하였다.

"아…… 아…… 박돌이를 내 가졌느냐? 웬일이냐?"

박돌이란 소리에 김 초시 가슴은 뜨끔하였다. 김 초시는 벌벌 떨면서 박돌 어미 손에서 몸을 빼려고 애를 쓴다. 두 몸은 이리 밀리며 저리 쓰러져서 서투른 씨름꾼의 씨름 같다.

약장은 넘어지고 요강은 엎질러졌다. 우시시한(어지럽게 흩어져 있는) 초약과 넌들넌들한 가래며 오줌이 한데 범벅이 되어서 돗자리에 흩어졌다.

"야 이년아! 이 더러운 년아! 남의 집에 왜 와서 이 야단이냐?"

얼굴에 독살이 잔뜩 나서 박돌 어미에게로 달려들던 주인 여편네는 피 흔적이 임리한 박돌 어미의 입과 퀭한 그 눈을 보더니,

"에구, 저 에미네 미쳤는가?"

하면서 뒤로 주춤한다.

김 초시의 멱살을 잔뜩 부여잡은 박돌 어미는 이를 야금야금하면서 주인 여편네를 노려본다.

주인 여편네는 뛰어다니면서 구원을 청하였다.

김 초시 집 마당에는 어린애 어른 할 것 없이 모여들었다. 그러나 모두 박돌 어미의 꼴을 보고는 얼른 대들지 못한다.

"응, 이놈아!"

박돌 어미는 김 초시의 상투를 휘어잡으며 그의 낯에 입을 대었다.

"에구! 사람이 죽소!"

방바닥에 덜컥 자빠지면서 부르짖는 김 초시의 소리는 처량히 울렸다.

사내 몇 사람은 방으로 뛰어 들어간다.

"이놈아! 내 박돌이를 불에 넣었으니 네 고기를 내가 씹겠다."

박돌 어미는 김 초시의 가슴을 타고 앉아서 그의 낯을 물어뜯는다.
코, 입, 귀…… 검붉은 피는 두 사람의 온몸에 발렸다.

"어째 저럼메?"

"모르겠소!"

밖에 선 사람들은 서로 의아해서 묻는다. 모든 사람은 일종 엷은 공포
에 떨었다.

"그까짓 놈(김 초시), 죽어도 싸지! 못 할 짓도 하더니……."

이렇게 혼잣말처럼 뇌는 사람도 있다.

박돌(朴乭)의 죽음

이야기 따라잡기

박돌은 애비 없이 자란 열두 살 난 아이다. 그는 상한 고등어 대가리를 먹고 탈이 나 죽을 지경에 이른다. 박돌 어미는 김 초시네로 가 박돌을 살려 달라며 애원하나 김 초시는 몸이 아파 왕진을 할 수 없다며 억지 기침을 하고, 약이 없어 안 된다는 말로 거절한다.

제대로 진료를 받지 못한 박돌의 병은 악화되어 간다. 박돌 어미는 아들이 괴로워하는 모습을 지켜보며 어찌할 바를 몰라 한다. 급기야 박돌은 외마디 비명을 내지르고 이를 들은 젊은 주인이 나온다. 젊은 주인은 박돌의 상태를 보더니 쑥뜸이나 떠 주라며 대수롭지 않은 일인 양 이야기한다. 박돌 어미는 젊은 주인의 말대로 쑥뜸을 떠 보지만 그의 상태는 나아지지 않는다. 그렇게 호흡이 점점 미미해지던 그는 결국 새벽녘에 숨을 거두게 되고, 박돌 어미는 세상을 원망하며 통곡한다.

그가 죽은 후 박돌 어미는 그의 환영을 본다. 곧바로 김 초시네로 뛰어간 박돌 어미는 아들을 살려 내라며 소리친다. 그리고 김 초시를 넘어뜨린 후 그의 낯을 물어뜯는다. 그 광경을 지켜본 동네 사람들은 옅은 공포를 느낀다.

쉽게 읽고 이해하기

돈으로만 행해지는 의술

의사가 될 때 의사들은 의업에 종사함에 있어 자신의 생애를 인류 봉사에 바칠 것이며, 양심과 위엄으로서 의술을 베풀고, 환자의 건강과 생명을 첫째로 생각하겠다는 내용의 「히포크라테스 선서문」을 읽는다. 그래서 의술(醫術)을 다른 말로 인술(仁術)이라고도 한다. 사람을 살리는 어진 기술로, 사람을 우선으로 생각해야 한다는 것을 의미한다. 그러나 「박돌의 죽음」에서 의술은 돈이 있을 때에만 행해지는 기술로 사람을 골라 가며 살리는, 사람보다는 돈이 더 중요한 의미를 지닌다.

김 초시는 죽어가는 아들을 살리기 위해 동분서주하는 박돌 어미를 보며 아이의 병세보다는 맷국이 꾀죄죄한 겉모습에 초점을 맞춘다. 약값이 없어 보이는 그 모습을 본 김 초시는 핑계를 대며 돌려보낸다. 의원이 아니라 마치 약장사처럼 행동하는 김 초시의 태도에 박돌 어미는 "너무 한심하구먼! 돈이 없다구 너무 업시비 보지 마오. 죽는 사람을 살려 주문 어떠오? 혼자 잘 사오."라고 말한다. 김 초시는 그 목소리와 눈빛에서 이상한 섬뜩함을 느낀다. 이것은 뒤에 올 비극에 대한 복선이자 의사로서의 양심의 가책이 반영된 제 발 저림이다.

이러한 태도는 김 초시에게만 나타나는 것이 아니다. 김 초시의 아내는 '그까짓 거렁뱅들'한테 약을 주면 어떻게 돈을 받겠냐고 아예 주지 말라고 한다. 심지어는 약을 주면 약장을 도끼로 부숴 놓겠다고 윽박지른다. 사람의 목숨을 돈으로 보는 김 초시나 사람을 '그까짓'으로 분류하여 평가하는 그의 아내는 황금만능주의에 빠진 사람들이다.

「박돌의 죽음」에서 이러한 사고는 두 가지의 비극을 낳는다. 하나는 황금만능주의로 인해 치료받지 못하고 결국 죽게 되는 박돌의 죽음이고, 다른 하나는 황금만능주의를 처단하는 박돌 어미(민중)에 의한 김 초시의 죽음이다.

가난으로 인한 비극적 살인

최서해의 소설에서 가난은 비극을 낳는다. 가난으로 인해 박돌은 죽음을 맞게 되고, 그로 인해 김 초시는 박돌 어미에게 죽임을 당하게 된다.

먹을 게 없는 박돌은 뒷집에서 버린 상한 고등어를 먹고 탈이 난다. 가난은 박돌을 죽음으로 몰아넣는다. 사경을 헤매는 박돌을 위해 박돌 어미는 김 초시를 찾아가지만 쫓겨난다. 결국 박돌은 죽게 되고 박돌 어미는 이성을 잃는다. 치료받을 수 없다는 사실에 서러움을 억눌러야 했던 박돌 어미가 현실에 대한 저항 의식을 실천에 옮기게 된 것이다.

김 초시를 찾아간 박돌 어미는 김 초시의 얼굴을 물어뜯는다. 가난으로 먹을 것이 없어 상한 음식을 먹고 죽은 아들을 대신해 김 초시의 얼굴을 물어뜯음으로 가난한 현실에 저항하고, 황금만능주의에 빠진 김 초시의 횡포에 도전한다. 김 초시에게 쫓겨났을 때 보였던 섬뜩한 눈빛은 정상적이지 않은 — 정상적인 태도와 행동으로는 온전하게 살아갈 수 없는 현실에서는 당연한 결과인 — 김 초시의 죽음을 의미한다. 가난으로 인해 정상적인 생활이 불가능한 현실을 극복하기 위해서 정상이 아닌 비정상적인 상황을 연출한다. 이성을 상실한 박돌 어미는 김 초시의 얼굴을 물어뜯는 비정상적인 행동으로 부조리한 현실을 비꼬고 있는 것이다.

박돌(朴乞)의 죽음

평화로 가는 길은 없다.
평화가 길이다.
— 마하트마 간디(인도의 민족운동 지도자, 1869~1948)

「큰물 진 뒤」(『개벽』, 1925)는

식민지 시대,

물난리를 겪은 후 집과 가족을 잃은

주인공이 강도짓을 하기까지의 과정을

담담한 필치로 그려 낸 단편소설이다.

큰물 진 뒤

참담한 속에서 고고성을 지른 붉은 생령은
참담한 속에서 소리 없이 목숨이 끊겼다.
그의 가슴은 저리다 못하여 무엇이 뭉킷 누르는 듯하고,
머리는 띵한 것이 눈물도 나지 않고 말도 나오지 않았다.

등장인물

윤호   가난하지만 선량하게 살아가는 인물. 물난리를 겪은 후 집과 아이를 잃고
         아내마저 병석에 눕게 된다. 설상가상으로 일자리마저 잃게 되자 강도짓
         을 한다.

윤호의 아내   나약하고 병약한 인물. 물난리 이후 병에 든다.

큰물 진 뒤

1

비바람 치던 날, 윤호의 아내가 출산을 한다

닭은 두 해째 울었다. 모진 비바람 속에 울려오는 그 소리는 별다른 세상의 소리 같았다.

비는 그저 몹시 퍼붓는다. 급하여 가는 빗소리와 같이 천장에서 새어 내리는 빗방울은 뚝뚝 뚝뚝 먼지 구덩이 된 자리 위에 떨어진다. 그을음과 빈대 피에 얼룩덜룩한 벽은 새어 내리는 비에 젖어서 어스름한 하늘에 피어오르는 구름발 같다. 우우 하고 불어오는 바람에 몰리는 빗발은 간간이 쏴 하고 서창을 들이쳤다.

"아이구, 배야! 익힝 응 아구 나 죽겠소!"

윤호의 아내는 몸부림을 치면서 이를 빡빡 갈았다. 닭 울 때부터 신음하는 그의 고통은 점점 심하여졌다. 두 손으로 아랫배를 누르고 비비다가도 그만 엎드려져 깔아 놓은 짚과 삿자리(갈대를 엮어 만든 자리)를 박박

긁고 뜯는다. 그의 손가락 끝은 터져서 새빨간 피가 삿자리에 수를 놓았다.

"애고고! 내 엄마! 응응, 하이구, 여보!"

그는 몸을 발딱 일어서 윤호의 허리를 껴안았다. 윤호는 두 무릎으로 아내의 가슴을 받치고 두 팔에 힘을 주어서 아내의 겨드랑이를 추켜 안았다. 윤호에게는 이것이 첫 경험이었다. 어머니며 늙은 부인들께 말로는 들은 법하나 처음으로 당하는 윤호의 가슴은 알 수 없는 두려움이 두근두근하였다. 그에게는 과거도, 미래도 없었다. 침통과, 우울과, 참담과 공포가 있을 뿐이었다. 미구에 새 생명을 얻으리라는 기쁨은 이 찰나에 싹도 볼 수 없었다.

"여보! 내가 가서 귀둥녀 할미를 데려오리다, 응."

"아니 여보! 아이구!"

아내는 윤호의 허리가 끊어지도록 안았다. 그의 낯은 새파랗게 질렸다. 아내의 괴로움만큼 윤호도 괴로웠다. 아내가 악을 쓸 때면 윤호도 따라 힘을 썼다. 아내가 몸부림을 하고 자기의 허리를 꽉 껴안을 때면 윤호도 꽉 껴안았다.

윤호는 누울 때 지나서부터 몹시 괴로워하는 아내를 보고 옛적 산파로 경험이 많은 귀둥녀 할미를 불러오려고 하였다. 그러나 아내의 고통은 각일각(刻一刻, 시간이 지남) 괴로워 가는데 보아 줄 사람은 하나도 없고, 게다가 비바람이 어떻게 뿌리는지 촌보(寸步, 몇 발짝 안 되는 거리)를 나아갈 수 없어서 주저거렸다. 윤호는 아내의 생명이 끊기고야 말 것같이 생각되었다. 어수선한 짚자리 위에서 뻐둑뻐둑하다가(북한말. 주저앉거나 매달려서 팔다리를 마구 몸을 움직이다가) 어린 목숨을 낳다 말고 두 어미 새끼가 돼지는 환상이 보였다. 따라서 해산으로 죽은 여러 사람의 기억이 떠올랐다. 그는 몸을 부르르 떨면서 아내를 더욱 꽉 껴안았다. 마음대로 하는 수 있다면 아내의 고통을 나누고 싶었다. 괴로운 신음 소리와 같이 몸부림을 탕탕 하는 것은 자기의 뼈와 고기를 싹싹 에어 내는 듯해서 차마 볼 수 없었다.

"끽! 응! 으응! 윽! 아이구! 억억."

아내는 더 소리를 못 지른다. 모들뜬(눈동자를 한쪽으로 모아 앞을 바라보는) 두 눈은 무엇을 노려보는 듯이 똥그랗게 되었다. 숨도 못 내쉬고 이를 꼭 깨물고 힘을 썼다.

"으아!"

퀴지근한 비린 냄새가 흐르는 누런 불빛 속에 울리는 새 생명의 소리! 어둔 밤 비바람 소리 속의 그 소리! 윤호는 뵈지 않는 큰 물결에 싸이는 듯하였다.

"무에요!"

신음 소리를 그치고 짚자리 위에 누웠던 아내는 머리를 갸우드름하여 (무엇을 보려고 자꾸 고개를 기울여) 사내를 쳐다보았다. 새빨간 핏방울을 번질번질 쏟친(북한말. 쏟뜨린) 볏짚 위에 떨어진 어린 생명은 꼼지락꼼지락하면서 빽빽 소리를 질렀다. 윤호는 전에 들어 두었던 기억대로 푸른 헝겊으로 탯줄을 싸서 물어 끊었다.

"응! 자지가 있네! 히히히."

윤호는 때오른 적삼에 어린것을 싸면서 웃었다.

"흥, 호호!"

아내는 웃으면서 허리를 구부정하여 어린것을 보았다. 이 찰나, 침통과 우울과 공포가 흐르는 이 방 안에는 평화와 침묵이 흘렀다. 윤호는 무엇을 끓이려고 부엌으로 내려갔다.

우우 쏴― 빗발은 서창을 쳤다. 젖은 벽에서는 흙점이 철썩철썩 떨어졌다. 어디서 급한 물소리와 같이 수수거리는(시끄럽고 떠들썩하여 뒤숭숭한) 소리가 들렸다. 그 소리는 봄비 속에 개구리 소리같이 점점 높이 들렸다. 윤호는 눈을 둥그렇게 뜨면서 귀를 기울였다.

"윤호! 윤호! 방강[堤防 ; 제방]이 터지니 어서 나오!"

그 소리는 윤호에게 청천의 벽력이었다. 그는 튀어나갔다. 이 순간 그의 눈앞에는 퍼런 논판이 떠올랐다. 그 밖에 아무것도 생각나지 않았다. 그는 마당 앞으로 몰려 지나가는 무리에 뛰어들었다. 어디가 하늘! 어디가 땅! 창살같이 들이는 비! 몰려오는 바람! 발을 잠그는 진창! 그 속에서 고함을 치고 어물거리는 으슥한 그림자는 수천만의 도깨비가 횡행하는 것 같다.

2

방축을 막기 위해 마을 사람들이 힘을 모은다

모든 사람들은 침침 어두운 빗속을 헤저어서 마을 뒤 방축으로 나아갔다. 더듬더듬 방축으로 기어올랐다. 물은 보이지 않았다. 손과 발로 물 형세를 짐작할 뿐이었다. 꽐꽐 철썩 출렁, 꽐꽐 하는 물소리는 태산을 삼키고 대지를 깨칠 듯하다.

"이거 큰일 났구나!"

"암만 해두 넘겠는데!"

이 입 저 입으로 흘러나왔다. 그 소리는 위대한 자연의 힘 앞에 인력의 박약을 탄식하는 듯하였다.

"자! 이러구만 있겠소? 그 버들을 찍어라! 찍어서 여기다가 눕히자!"

우렁찬 소리가 들렸다.

"가만 있자! 한 짝에는 섬[叺 ; 입. 곡식 따위를 담기 위해 짚으로 만든 그릇]에다가 돌을 넣어다가 여기다가 막읍시다."

"떠들지 말구 빨리 합시다."

탁, 탁 나무 찍는 도끼 소리가 났다. 한편에서는 섬을 메어 올렸다. 운호는 찍은 나무를 끌어다가 가장 위태로운 곳에 뉘었다.

빗소리, 물소리, 바람 소리, 어둠 속에서 흥분된 모든 사람들은 죽기로써 힘을 썼다.

이 방축에 이 마을 운명이 달렸다. 이 방축 안에 있는 논과 밭으로 이백이 넘는 이 마을 집이 견디어 간다. 그런 까닭에 해마다 가을봄으로 이 마을 사람들은 이 방축에 품을 들여서 천만 년 가도 허물어지지 않게 애를 써 왔다. 그뿐만 아니라 이리로 바로 쏠리던 물길을 방축 건너편 산 아래로 돌리기까지 하였다.

이렇게 쌓은 공이 하루아침에 무너졌다. 작년 봄에 이 마을 밖으로 철도가 났다. 철도는 이 마을 뒷내를 건너게 되어서 그 내에 철교를 놓았다. 그 때문에 저편 산 아래로 돌려 놓은 물은 철교를 지나서 이 마을 뒤

방축을 향하고 바로 흐르게 되었다. 이 때문에 촌민들은 군청, 도청, 철도국에 방축을 더 굳게 쌓아 주든지, 철교를 좀 비스듬히 놓아서 물길이 돌게 하여 달라고 진정서를 여러 번이나 들였으나 조금의 효과도 얻지 못하였다. 작년 여름 물에 이 방축이 좀 터졌으나 호소할 곳이 없었다. 그 뒤로 비만 내리면 촌민들은 잠을 못 자고 방축을 지켰다.

방축이 터지고 윤호는 물길을 뚫고 집으로 달려간다

"이, 이 이게, 어찐 일이냐? 응!"

"터지는구나! 이키, 여기는 벌써 터졌네!"

"힘을 써라! 힘을 써라! 이게 터지면 우리는 죽는다. 못 산다!"

초초분분 불어 가는 물은 콸콸 소리를 치면서 방축을 넘었다. 바람이 우우 몰려왔다. 비는 여러 사람의 낯을 쳤다. 모두 흑흑 느끼면서 낯을 가리고 물을 뿜었다.

쏴― 콸콸콸.

"여기도 또 터졌구나!"

모두 그리로 몰렸다. 아래를 막으면 위가 터지고 위를 막으면 아래가 터진다. 터지는 것보다 넘치는 물이 더 무서웠다.

"이키 여기 발써 물이 길[尺 ; 쟁]이나 섰구나."

거무칙칙하여 보이지 않는 논판에서 누가 부르짖었다.

이제는 누구나 물을 막으려는 사람이 없다. 어둠 속에 히슥한(북한말. 색이 조금 허연) 그림자들은 창살 같은 빗발을 받고 가만히 서 있다. 모진 바람이 한바탕 지나갔다. 모든 사람들은 굳센 물결이 무릎을 잠그고 궁둥이를 잠글 때 부르르 떨었다.

윤호도 방축을 넘는 물속에 박은 듯이 서 있었다. 꺼먼 그의 눈앞에는 물속에 들어가는 논이 보였다. 떠내려가는 집들이 보였다. 아우성치는 사람이 보였다. 이 환상을 볼 때 그는 으응 부르짖으면서 방축에서 내려 뛰었다. 방축 아래 내려서니 살같이 흐르는 물이 겨드랑이를 잠근다. 그는 돌인지 물인지 길인지 밭인지 빠지고 거꾸러지면서 집 마을을 향하고 뛰었다. 이 모퉁이 저 모퉁이에서 물을 헤저어 나가는 아우성 소리가 빗소리와 같이 요란하건만 그에게는 들리지 않았다. 그의 눈앞에는 물 한 모금 못 먹고 짚자리 위에 쓰러진 두 생령의 환상이 보일 뿐이다. 그는 환상을 보고 떨 뿐이다. 그 환상은 누런 진흙물 속에 쓰러진 집에 치어서 킥킥 버둥질치는 형상으로도 나타났다. 그는 주먹을 부르쥐고 이를 악물었다. 윤호는 자기 집 마당에 다다랐다.

불빛이 희미한 창 속에서 어린애 울음이 들렸다. 창에 비친 불빛에 누릿한 물은 흙마루를 지나 문턱을 넘었다.

윤호는 방으로 뛰어 들어갔다. 방에는 물이 흥건히 들었다. 아내는 물속에서 애를 안고 어쩔 줄을 몰라 한다. 물은 방 안에 점점 들어온다. 어디서 쏴— 소리가 들렸다. 돌아보니 뒷벽이 뚫어져서 물이 디미는(들이미는) 소리였다. 윤호는 아내를 둘러업고 아기를 안았다. 이때 초인간적(超人間的) 굳센 힘이 그를 지배하였다. 그는 문을 차고 밖으로 뛰어나왔다. 어느새 물은 허리에 잠겼다. 물살이 어떻게 센지 소 같은 장사라도 견디기 어려울 지경이다. 그는 쓰러졌다가는 일어서고 일어섰다가는 쓰러지면서 물속을 헤저어 나갔다. 팔에 안은 것이 무엇이며 등에 업은 것이 누구라는 것까지 이 찰나에 의식치 못하였다. 의식적으로 업고 안은 것이 이제는 기계적으로 놓지 않게 되었다.

3

죽은 아기의 시신을 소나무 아래에 놓는다

동이 텄다. 사방은 차츰 훤하여졌다. 거무칙칙하던 구름이 풀리면서 퍼붓는 듯하던 비가 실비로 변하더니 이제는 안개비가 되었다. 바람도 잤다.

마을 사람들은 거지반 마을 앞 조그마한 산에 몰렸다. 밝아 가는 새벽 빛 속에 최최해서(초라해서) 어물거리는 사람들은 갈 바를 몰라 한다. 누구를 부르는 소리! 울음소리! 신음하는 소리에 수라장(아수라장. 큰 혼란에 빠진 상태)을 이루었다.

윤호는 후줄근한 풀 위에 아내를 뉘었다. 어린것도 내려놓았다. 참담한 속에서 고고성(매우 높고 큰 소리)을 지른 붉은 생령은 참담한 속에서 소리 없이 목숨이 끊겼다. 찬비와 억센 물에 쥐어짠 듯이 된 윤호 아내는 싸늘한 어린것을 안고 흑흑 느낀다. 윤호는 아무 소리 없이 붙안고 우는 어미 새끼를 물끄러미 보았다. 그의 가슴은 저리다 못하여 무엇이 뭉킷(뭉클보다 거센 느낌) 누르는 듯하고, 머리는 띵한 것이 눈물도 나지 않고 말도 나오지 않았다.

날은 다 밝았다. 눈앞에 뵈는 것은 우뚝우뚝한 산을 남겨 놓고는 망망한 물판이다. 어디가 논? 어디가 밭? 어디가 집? 어디가 내? 누런 물이 세력을 자랑하는 듯이 좔—좔— 흐른다. 널쪽, 궤짝, 짚가리, 나뭇단, 널따란 초가지붕—온갖 것이 둥둥 물결을 따라 흘러내린다. 저편 버드나무 속으로 흘러나오는 집 위에는 계집 같기도 하고 사내 같기도 한 사람 서넛이 이편을 보고 고함을 치는지? 손을 내두르고 발을 구른다. 갠지 돼지인지 자맥질 쳐서 이리로 나온다. 사람 실은 지붕은 슬슬 내리다가 물 위에 머리만 봉긋이 내놓은 버드나무에 닿자마자 그만 물속에 쑥 들어가더니 다시 떠오를 때에는 여러 조각이 났다. 그 위에 사람의 그림자는 다시 볼 수 없었다. 그 저편에서도 두엇이나 탄 지붕인지 짚가리인지 흘러간다. 그러나 누구 하나 그것을 건지려는 사람은 없다. 윤호의 곁에 있는 한 오십 되어 뵈는 늙은 부인은,

"에구, 끔찍해라! 에구, 내 돌쇠야! 흑흑."

하면서 가슴을 치고 땅을 친다. 어떤 젊은 부인은 어린것을 업고 흑흑 울기만 한다. 사내들도 통곡하는 사람이 있다. 밥 달라고 우는 어린것들도 있다. 어떤 사람은 멍하니 서서 질펀한 물판을 얼없이(정신없이) 보기도 하고, 어떤 사람은 지르르한 풀판에 앉아서 담배만 풀썩풀썩 피우기도 한다.

풀렸다가는 엉키고 엉켰다가는 풀리는 구름 사이로 푸른 하늘이 보이면서 둔탁한 굵은 볕발이 누른 무지개 모양으로 비쳤다. 안개비도 갰다.

"여보! 울면 뭘 하우, 그까짓 죽은 것 생각할 게 있소? 자, 울지 마오, 산 사람은 살아야 안 쓰겠소?"

이렇게 아내를 위로하나 그도 슬펐다. 물 한 모금 못 먹인 아내를 생

각하든지 제 명에 못 죽은 아들! 현재도 현재려니와 이제 어디를 가랴? 일 년 내 피와 땀을 짜 받아서 지은 밭이 하룻밤 물에 형적조차 남기지 않았으니 이 앞일을 어찌하랴? 그는 생각하면 생각할수록 슬펐다. 슬픔에 슬픔을 쌓은 그 슬픔은 겉으로 눈물을 보내지 않고 속으로 피를 짰다. 그는 어린 주검을 소나무 아래 갖다 놓고 솔잎으로 덮어 놓았다. 그 주검을 뒤에 두고 나오니 알 수 없이 발이 무거웠다.

아내가 병에 걸린다

이른 아침 때가 되어서부터 윤호의 아내는,

"아이구 배야! 배야!"

하고 구른다. 어물어물하는 사람은 많건만 모두 제 설움에 겨워서 남의 괴로움을 돌볼 새가 없다.

"허허, 이것 안되었군! 산후에 찬물을 건네구 사람이 살 수 있겠소! 별수 없으니 어서 업구서 넘엇 마을로 가 보."

웬 늙은이가 곁에 와서 구르는 아내를 붙잡아 주면서 걱정한다.

윤호는 아내를 업었다. 새벽에는 아내를 업고 애를 안고 그 모진 물속을 헤저어 나왔건만, 인제는 일 마장도 갈 것 같지 못하다. 더구나,

"아이구 배야!"

하면서 두 어깨를 꽉 끌어당기면서 몸을 비비 틀면 허리가 휘친휘친하고(북한말. 가늘고 긴 나뭇가지 따위가 휘어지면서 흔들리고) 다리가 휘우뚱거려서 어쩔 수 없다. 그는 땀을 흘리면서 조그마한 고개를 넘어왔다. 거기

는 십여 호나 되는 조그마한 동리가 있다. 벌써 물에 쫓긴 사람들은 집집이 몰려들었다. 윤호는 어느 집 방을 겨우 얻어서 아내를 뉘어 놓았다. 누가 미음을 쑤어다 주는 것을 먹였으나 아내는 한 모금 못 먹고 그저 신음한다. 의원을 데려다가 침, 뜸, 약－힘자라는 데까지 손을 써 보았으나 소용이 없었다. 낮부터 비는 또 쏴르륵 내렸다.

4

윤호는 막노동을 시작하지만 그마저도 쫓겨난다.

괴로운 사흘은 지나갔다.

집을 잃고 밭을 잃고 부모를 잃고 처자를 잃은 무리들은 거기서 삼십 리나 되는 읍으로 나갔다. 윤호도 그중의 한 사람이었다. 그네들은 읍에 나가서 정거장의 노동자, 물지게꾼, 흙질꾼, 구들 고치는 사람－이렇게 그날그날을 보냈다. 어떤 자는 이 집 저 집으로 돌아다니면서 밥을 빌어먹었다. 윤호는 집 짓는 데 돌아다니면서 흙을 져 날랐다. 그의 아내의 병은 나날이 심하였다. 바싹 말랐던 사람이 퉁퉁 부어서 멀겋게 되었다. 그런 우중 눅눅한 풀막 속에서 변변히 먹지도 못하고 간병하는 손도 없으니 그 병의 회복을 어찌 속히 바라랴!

윤호가 하루는 아내의 병구완으로 한잠도 못 자고 밤새껏 애쓰다가 아침을 굶고 일터로 나갔다. 하루 오십 전을 받는 일이건만 해 뜨기 전에 나와서 어두워야 돌아간다. 그날 아침에는 흙을 파서 담는데 지겟다리가 부러져서 그 때문에 한 시간 동안이나 흙을 못 날랐다. 그새에 다른 사람은 세 짐이나 더 졌다.

"이놈은 눈깔이 판득판득해서(북한말. 순간적으로 작은 빛을 내비치거나 반사해서) 꾀만 부리는구나!"

양복 입은 감독은 늦게 온 윤호를 보고 눈을 굴렸다. 윤호는 아무 대답 없이 흙을 부어 놓고 돌아서 나왔다. 나오려고 하는데 감독이 쫓아오더니 앞을 딱 막아서면서,

"왜 늦게 댕겨!"

하고 꺼드럭꺼드럭하는 서울말로 툭 쏘았다.

"네, 지겟다리가 부러져서 그거 고치느라구 늦었습니다."

그는 괴로운 웃음을 지었다.

"뭘 어쩌구 어째? 남은 세 지게나 졌는데 어디 가 낮잠을 잤어? ……그놈 핑계는 바루!"

"정말이외다. 다른 날 언제 늦게 옵데까? 늘 남 먼저 오잖았소……."

"이놈아, 대답은 웬 말대답이냐? 응, 다른 날은 다른 날이고 오늘은 오늘이지! 돈이 흔해서 너 같은 놈을 주는 줄 아니?"

하더니 윤호의 여윈 뺨을 갈겼다. 윤호는 뺨을 붙잡고 가만히 서 있었다.

"이놈아, 너 같은 놈은 일없다. 가거라!"

하더니 주먹으로 윤호의 미간을 박으면서 발을 들어 배를 찼다.

"아이구! 으응응 흑흑."

윤호는 울면서 지게 진 채 땅에 거꾸러졌다. 그의 코에서는 시뻘건 선지피가 콸콸 흘렀다. 일꾼들은 모두 이편을 보았다. 같은 지게꾼들은 무

슨 승수(勝數, 좋은 운수)나 난 듯이 더 분주하게 져 나른다.

"이놈아, 가! 가거라!"

감독은 독살이 잔뜩 엉긴 눈으로 윤호를 보더니 사방을 돌아보면서,

"뭘 봐? 어서 일들 해! 도오모 죠센징와 다메다! 쓰루꾸데 다메다!(도무지 조선인은 안 돼! 뺀들거려서 안 돼!)"

하는 바람에 일꾼들은 조심조심히 일에 손을 대었다.

눅눅한 검은 땅을 붉고 뜨거운 코피로 물들인 윤호는 일어섰다. 코에서는 걸디건 피가 그저 뚝뚝 흘렀다. 그의 흙투성이 된 옷섶은 피투성이되었다. 그는 머리를 숙이고 한참이나 서서 무엇을 생각하더니 빈 지게를 지고 어청어청 아내가 누웠는 풀막(물가나 산기슭에 지붕을 풀로 잇고 임시로 지은 움막)으로 돌아갔다.

윤호는 현실의 모순을 느낀다

윤호는 지게를 벗어서 팔매를 치고(팔을 흔들어서 멀리 던지고) 막 안으로 들어갔다. 어둑한 막 안에서 신음하던 아내는 눈을 비죽이 떠서 윤호를 보더니 목구멍을 겨우,

"여보, 어째 그러오? 그게 어쩐 피요?"

묻는다. 윤호는 아무 대답 없이 아내의 곁에 드러누웠다. 모두 귀찮았다. 세상만사가 다 귀찮았다. 세상 밖에 나와서 비로소 가장 사랑하던 아내까지도 귀찮았다. 죽는다 해도 꿈만 하였다.

"네? 어째 그러오?"

그러나 재차 묻는 부드러운 아내의 소리에 대답 안 할 수가 없었다.

"응, 넘어져서 피가 터졌소!"

윤호의 소리가 그치자 아내는 훌쩍훌쩍 운다. 윤호의 가슴은 칼로다 빡빡 찢는 듯하였다. 그는 알 수 없는 커다란 것에 눌리는 듯하였다. 무엇이 코와 입을 꽉 막는 듯이 호흡조차 가빴다. 그는 온몸에 급히 힘을 주면서 눈을 번쩍 떴다. 아무것도 없었다. 그저 으스름한 속에 넌들넌들(어지럽고 지저분하게 늘어져 있는 모양) 드리운 풀포기가 있을 뿐이다. 그는 눈을 다시 감았다. 모든 지나온 일이 눈앞과 머릿속에 방울이 져서 떠올라서는 툭 터져 버리고 터져 버리곤 한다. 자기는 이때까지 남에게 애틋한 일, 포악한 일을 한 적이 없었다. 싸움이면 남에게 졌고, 일이면 남보다 더 많이 하였다. 자기가 어려서 아버지 돌아갈 때 밭뙈기나 있는 것을 삼촌더러 잘 관리하였다가 자기가 크거든 주라고 한 것을 삼촌은 그대로 빼앗고 말았다. 그러나 자기는 가만히 있었다. 동리 심부름이라는 심부름은 자기와 아내가 도맡아 하여 왔다. 그래도 잘못한 일이 있으면 자기와 아내가 홀로 책망과 욕을 들었다. 선한 일을 하면 복을 받는다, 부지런하면 부자가 된다, 남이 욕하든지 때리든지 가만히 있어라─이러한 것을 자기는 조금도 어기지 않고 지켜왔다. 그러나 이때까지 자기에게 남은 것은 풀막─그것도 제 손으로 지은 것─병, 굶음, 모욕밖에 남은 것이 없다. 집을 바치고 밭을 바치고 힘을 바치고 귀중한 피까지 바치면서도 가만히 순종하였건만 누구 하나 이렇다 하는 이가 없었다. 오히려 이때까지 자기가 본 경험으로 말하면 욕심 많고 우락부락하고 못된 짓 잘하는 무리들은 잘 입고, 잘 먹고, 잘 쓴다. 자기에게 남은 것은 이제 실낱같은 목숨뿐이다. 아내뿐이다. 그러나 그것도 이렇게 되고서는 몇 달을 보증하랴! 까딱하면 목숨까지 버릴 것이다. 목숨까지 바쳐? 이 목숨―여기까지 생각하고 그는 몸을 부르르 떨면서 주먹을 쥐었다.

"응! 그는 못 해!"

그는 혼잣소리같이 뇌면서 머리를 흔들었다. 사실이다. 목숨까지 바치기는 너무도 억울하다. 자기가 왜 고생을 했나? 목숨이다! 이 목숨을 아껴서 무슨 고생이든지 하였다. 목숨을 바치면 죽는 것이다. 죽고도 무엇을 구할까? 그러나 그저 이대로 있어서는 살 수 없다. 병으로 살 수 없고 배고파 살 수 없고―결국 목숨을 바치게 된다. 이때 그의 머리에는 떠오르는 것이 있었다. 눈앞에 보이는 환상이 있었다. 그의 해쓱한 낯에는 엄연(儼然)한(북한말. 깊이 감추거나 숨기는) 빛이 어리고 다정스럽던 두 눈에는 독기가 돌았다. 그는 다시 입술을 깨물고 주먹을 쥐었다.

5

윤호는 강도짓을 결심한다

초승달이 재를 넘은 지 벌써 오래되었다. 훤히 갠 하늘에 별빛은 푸근히 보였다. 사면은 고요하다. 이슬에 눅눅한 대지 위에 우뚝이 솟은 건물들은 잠잠한 물 위에 뜬 듯이 고요하다. 멀리 뭉긋이 보이는 산날(산등성이)은 하늘 아래 굵은 곡선을 그었다.

세상이 모두 잠자는 이때 집 마을에서 좀 떠나 으슥한 수수밭 머리에 풀포기를 모아 얽어 놓은 조그만 막 속에서 나오는 그림자가 있다. 그 그림자는 막 앞에 나서서 한참 주저거리더니 수수밭 머리에 훤히 누워 있는 큰길을 건너서 조와 콩이 우거진 밭 속으로 몸을 감추었다.

사면은 다시 쥐 하나 어른거리지 않는다. 스르륵스르륵 서로 부닥치는 좃대 소리(조의 줄기가 부딪치는 소리)는 귀담아듣는 이나 들을 것이다. 먼 데서 울려오는 개 짖는 소리는 딴 세상의 소리 같다.

한참 만에 집 마을 가까운 조밭 속으로 아까 숨던 그림자가 다시 나타났다. 그 그림자는 으슥한 집집 울타리 그림자 속으로 살근살근—그러나 민활하게 이 집 저 집, 이 골목 저 골목으로 지나간다. 가다가는 한참이나 서서 주저거리다가도 또 간다. 기단 골목의 여러 집을 지나서 나오는 그림자는 현등(懸燈, 높이 매단 등)이 드문드문 걸린 거리에 이르더니 썩 나서지 못하고 어떤 집 옆에 서서 앞뒤를 보고 아래위를 본다. 거리는 고요하다. 집집이 문을 채웠다.

저 아래편에 아득히 보이는 파출소까지 잠잠하였다. 한참 주저거리던 그림자는 얼른얼른 뛰어 건너서 맞은편 어둑한 골목으로 들어섰다. 그를 본 사람은 하나도 없었다. 그러나 거리의 말없는 현등만은 그가 누군 것을 알았다. 그는 윤호였다.

윤호는 몇 걸음 걷다가는 헝겊에 풀풀 감아서 허리 밑에 지른 것을 만져 보았다. 만질 때마다 반짝 서릿발 같은 그 빛을 생각하고 몸을 떨면서 발을 멈추었다. 뒤따라 새빨간 피, 째각째각 칼 소리를 치고 모여드는 붉은 눈! 잔뜩 얽히는 자기 몸을 생각지 않을 수 없었다. 그보다도 칼 밑에 구슬피 부르짖고 쓰러지는 생령을 생각하면 가슴이 뭉킷하고 온 신경이 쩌릿쩌릿하였다.

"아, 못 할 일이다! 참말 못 할 일이다! 내가 살자고 남을 죽여!"

그는 입 안으로 중얼거리면서 발끝을 돌렸다. 그러다가도 자기의 절박한 처지라거나 자기가 목표 삼고 나가는 대상들의 하는 짓들을 생각할 때면 그 생각이 뒤집혔다.

'아니다. 남을 안 죽이면 나는 죽는다. 아내는 죽는다. 응, 소용없다. 선한 일! 죽어서 천당보다 악한 짓이라도 해야! 살아서 잘 먹지! 그놈들도 다 못된 짓 하고 모은 것이다. 예까지 왔다가 가다니?

이렇게 생각하면 풀렸던 사지가 다시 긴장되었다. 그는 다시 앞으로 걸었다. 집에서 떠나면서부터 이리하여 주저한 것이 오륙 차나 되었다.

윤호는 커다란 솟을대문 앞에 다다랐다. 그는 급한 숨을 죽여 가면서 대문을 뒤두고 저편 높다란 싸리 울타리 밑으로 갔다. 그의 가슴은 두근두근하고 사지는 떨렸다. 귀밑 맥이 툭탁툭탁하면서 이가 덜덜 쫓긴다 (아래윗니를 딱딱 마주 찧는다).

"에라, 그만둬라. 사람으로서 차마!"

그는 가슴을 누르고 한참 앉았다. 한참 만에 그는 우뚝 일어섰다. 두 팔을 쭉 폈다. 몸을 부쩍 솟는 때에 싸리가 부서지는 소리, 우쩍 하자 그의 몸은 울타리 위에 올라갔다.

마루 아래서 으응 하고 으릉대던 개가 울타리 안에 그림자가 얼른하는(얼씬하는. 조금 큰 것이 눈앞에 잠깐 나타났다 없어지는) 것을 보더니 으르르 엉웡웡 하면서 내닫는다.

"으흥! 이 개!"

방에서 우렁한 사내 소리가 들렸다. 윤호는 얼른 고기를 꿰어 가지고 온 낚시를 집어던졌다. 개는 집어먹었다. 낚시에 걸린 개는 낚싯줄을 잡아당기는 대로 꼼짝 소리를 못 지르고 느른히 쫓아다닌다. 낚싯줄을 울타리 말뚝에 잡아맨 윤호는 살근살근 마루로 갔다. 그리 몹시 두근거리던 그의 가슴은 끓고 난 뒤의 물같이 잠잠하였다. 두 눈에서 흐르는 이상한 빛은 어둠 속에서 번쩍하였다. 그는 마루 아래 앉더니 허리끈에 지른 것을 빼어서 슬근슬근 풀었다. 널찍한 헝겊이 다 풀리자 환한 별빛 아래 번쩍하는 것이 그의 무릎에 놓였다. 그는 그 헝겊으로 눈만 내놓고는 머리, 이마, 귀, 입, 코 할 것 없이 싸고 무릎에 놓인 것을 잡더니 마루 위에 살짝 올라섰다. 이때 방 안에서,

"무어는 무어야? 개가 그러는 게지?"

사내의 소리가 나더니 삭스르럭 성냥 긋는 소리가 들렸다. 윤호는 주춤하다가 다시 빳빳이 섰다.

6

윤호가 이 주사의 집에 침입한다

낮이면 돈을 만지고 밤이면 계집을 어르는 것으로 한없는 쾌락을 삼는 이 주사는 어쩐지 오늘밤 따라 마음이 뒤숭숭하여 졸음이 오지 않았다. 끼고 누웠던 진주집을 깨워서 술을 데워 서너 잔이나 마시었으나 역시 잠들 수 없었다. 눈을 감으면 무엇이 와 덮치는 것 같기도 하고 눈을 뜨면 마루에서 무슨 소리가 들리는 듯도 하였다. 머리맡에 켜 놓은 촛불

의 거물거물하는 것까지 무슨 시뻘건 눈깔이 노려보는 듯해서 꺼 버렸다.

"여보, 잡시다. 왜 잠 못 드우?"

"글쎄, 왜 졸음이 안 오는구려."

이 주사는 진주집 말에 대답은 하였으나 자기 입으로—자기 넋으로 나오는 소리 같지 않았다. 그는 눈 감았다 뜰 때에 벽에 해쓱한 그림자가 서 있는 것을 보고 여러 번 가슴이 꿈틀꿈틀하였다. 그러다가도 그 그림자가 의복이라고 생각하면 좀 맘이 폈다. 그렇게 생각하고 그 그림자에 여러 번 속았다. 그는 여러 번 베개 너머로 손을 자리 밑에 넣었다. 큼직한 것이 손에 만지우면 그는 큰숨을 화— 쉬었다. 그는 이렇게 애쓰다가 삼경이 지나서 겨우 잠이 스르르 들자마자 무슨 소리에 놀라 깨었다. 진주집도 이 주사가 와뜰 놀라는 바람에 깨었다. 그 소리는 마루 아래 개가 으르릉웡! 짖는 소리였다. 이 주사는 가슴에서 널장(낟장의 널빤지)이 뚝 떨어졌다.

"으흥! 이 개!"

그는 겁결에 소리를 쳤으나 뛰노는 가슴을 진정할 수 없었다. 더욱 왈칵 내닫는 개가 깜짝 소리 없는 것이 의심스러웠다. 그러나 마루가 우찍하는 것이 무에 단박 들이미는 것 같았다.

"마루에서 무엔구!"

진주집은 초에다가 불을 켰다.

"무에는 무에야 개가 그리는 게지."

이 주사의 소리는 떨렸다. 그는 얼른 자리 밑에 넣었던 뭉치를 끄집어

내어서 꼭 쥐었다.

"어디 내가 내다보구!"

진주집은 미닫이를 열더니 덧문을 덜컥 벗겨서 열었다.

윤호가 이 주사의 돈을 뺏어 들고 도망간다

문 열던 진주집! 뒤에서 내다보던 이 주사! 벌거벗은 두 남녀는 "으악" 들이긋는 소리와 같이 그만 푹 주저앉았다. 열린 문으로는 낯을 가린 뻣뻣한 장정이 서리 같은 칼을 들고 나타났다. 장정은 미닫이를 천천히 닫더니,

"목숨을 아끼거든 꼼짝 마라!"

명령을 내렸다. 그 소리는 그리 높지 않으나 시멘트판에 쇳덩어리를 굴리는 듯하였다. 벌거벗은 남녀는 거들거리는 촛불 속에 수굿이(고개를 조금 숙이고) 앉았다. 두 사람의 낯은 새파랗게 질렸으나 아름다운 살빛! 예쁜 곡선은 여윈 사람에게서는 도저히 볼 수 없는 것이었다.

"이근춘이, 네 들어라. 얼마든지 있는 대로 내놔야 하지 그렇잖으면 네 혼백은 이 칼끝에 달아날 것이다."

장정은 칼끝으로 이 주사를 견주며 노려보았다. 평화와 안락과 춘정이 무르녹았던 방에는 긴장한 공포의 침묵이 흘렀다.

"왜 말이 없니?"

"네, 모다 저금하고 집에는 한 푼도 어 없습니다. 일후에 오시면……."

이 주사는 꿇어앉아서 부들부들 떤다.

장정은 이 주사를 한참 노려보더니 허허허 웃으면서,

"이놈이 무에 어쩌구 어째? 일후에 오라구? 고사를 지내 봐라! 일후에 오나? 어서 내라…… 이놈이 칼맛을 보아야 하겠군!"

하더니 유들유들한 이 주사의 목을 잡아끌었다. 이 주사는 끌리면서도 꼭 모은 두 다리는 펴지 않았다.

"이놈아, 그래 못 줄 테냐?"

서리 같은 칼끝은 이 주사의 목에 닿았다.

"끽끽! 칙칙!"

여자는 낯을 가리고 부들부들 떨면서 속으로 운다.

"아…… 아 안 그리…… 제발 살려 줍시오."

이 주사는 두 다리 새에 끼었던 커단 뭉치를 끄집어내면서,

"모두 여기 있습니다…… 제발 살려 줍쇼!"

하고 말도 바로 못 한다.

장정은 이 주사의 목을 놓고 그 뭉치를 받더니 싼 것을 벗기고 속을 보았다.

"인제는 갈 테니 네 손으로 대문 벗겨라!"

장정은 명령을 내렸다. 이 주사는 부들부들 떨면서 대문을 벗겼다. 대문 밖에 나선 장정은 홱 돌아서서 이 주사를 보더니,

"흥! 낸들 이 노릇이 좋아서 하는 줄 아니? 나도 양심(良心)이 있다. 양심이 아픈 줄 알면서도 이것을 한다. 이래야 주니까 말이다. 잘 있거라!"

하고 장정은 어둠 속에 그림자를 감추었다. 대문턱에 벌거벗고 선 이 주사는 오지도 가지도 않고 멀거니 섰다가 몸을 부르르 떨면서 눅눅한 땅

에 거꾸러졌다.

사면은 고요하였다. 높고 넓은 하늘에 총총한 별만이 하계의 모든 것을 때룩때룩(북한말. 작은 눈을 힘 있게 굴림) 엿보았다.

이야기 따라잡기

비바람 치는 날, 윤호의 아내는 해산의 고통을 치른다. 아들을 낳은 아내에게 무언가를 먹이려고 부엌으로 나간 윤호는 젖은 벽에서 흙점이 떨어지는 것을 발견한다.

곧이어 방축이 터진다는 소리를 듣고 마을 사람들과 함께 방축이 터지는 것을 막으러 나간다. 하지만 사람들의 노력에도 불구하고 방축은 터지고 물이 논과 마을을 덮친다. 그는 물길을 뚫고 자신의 집으로 향한다. 아내를 업고 어린 아들을 안은 채 허리까지 잠기는 물을 헤쳐나온다.

다음 날, 산 위에는 사람들의 울음소리, 신음하는 소리로 가득하다. 윤호는 아내를 뉘이고 싸늘하게 식어 버린 시체가 된 아들을 소나무 아래에 내려 둔다.

이른 아침 때부터 아내가 갑자기 배가 아프다며 움켜쥐더니 몸을 비틀면서 휘청거린다. 산후에 찬물을 건너온 아내를 이웃 마을에 방 한 칸을 빌려 눕히지만 아무것도 먹지 못하고 신음하기만 한다.

윤호는 삼십 리나 떨어진 읍내로 나가 막일로 그날 생활비를 번다. 어느 날 지게 다리가 부러지는 바람에 일을 제대로 하지 못하고, 이 때문에 게으름을 피운다며 일본인 감독에게 얻어맞고 쫓겨난다. 집으로 돌아와 왜 그러냐는 아내의 물음에 윤호는 거짓으로 답하지만 사정을 짐작한 아내는 눈물을 흘린다. 윤호는 착실하게 살아왔지만 비참한 자신의 삶과 착실하지 않으면서도 자신과 다르게 호의호식하는 자들을 비교하며 현실의 모순을 깨닫고 분노한다.

윤호는 강도짓을 결심한다. 칼로 무장하고 얼굴은 눈만 내놓고 헝겊으로 감싼다. 이 주사의 집으로 침입하여 벌거벗은 진주댁과 이 주사에게 칼을 들이민다. 그리고 이 주사가 다리 사이에 감추어 두었던 돈 뭉치를 빼앗아 어둠 속으로 달아난다.

쉽게 읽고 이해하기

천재지변으로 인한 가난의 심화

　서정주는 「무등을 보며」라는 시에서 "가난이야 한낱 남루에 지나지 않는다/저 눈부신 햇빛 속에 갈매빛의 등성이를 드러내고 서 있는/여름 산 같은/우리들의 타고난 살결 타고난 마음씨까지야 다 가릴 수 있으랴"고 하였다. 가난하다고 해도 서로 의지하면서 살면 그곳이 바로 천국일 거라고 말한다. 그러나 최서해가 말하는 가난은 다르다. 그에게 있어 가난은 "한낱 남루"가 아닌 천재지변이자 재앙이다.

　홍수가 나기 전부터 가난했던 윤호는 아이가 태어나는 것조차 부담스러워한다. 그래서 첫 아이가 태어나는 순간에도 새 생명을 얻으리라는 기쁨보다는 앞으로 어떻게 살아야 할지 침통과 우울, 참담과 공포로 가득하다. 아이는 미래의 희망임에도 불구하고 아이가 태어나는 상황은 어둔 밤 비바람이 치고 있고, 괴로운 신음 소리와 몸부림, 퀴지근한 비린 냄새로 가득한 부정적 분위기를 연출한다. 결국 윤호에게는 과거도 미래도 없는 것이다.

윤호는 비바람 속에서 혼자 아이를 낳은 아내를 흙점이 떨어지는 집에 홀로 두고 터지려는 방축을 막으러 마을 사람들이 모인 곳으로 나간다. 방축이 터지고 마을에 홍수가 나자 윤호는 집으로 달려가 아내와 아이를 업고 나온다. 하지만 아이는 죽고 아내는 병에 걸린다.

「큰물 진 뒤」에서 '큰물', 즉 '홍수'는 가난을 더욱 심화시키는 역할을 하며 윤호를 더욱 극한의 상황으로 몰고 간다. 홍수로 인해 윤호의 아내는 병들고 아이는 죽고 삶의 터전 또한 잃어버린다. 가난한 윤호를 더욱 가난하게 하고, 살기 힘들게 한 것이다.

착실한 삶에 대한 보상이 없는 현실

산후조리도 하지 못한 채 물속을 헤쳐 나온 아내는 병이 들고 윤호는 삼십 리나 떨어진 읍내까지 가서 막일을 한다. 어느 날 지게 다리가 부러지는 바람에 일을 제대로 못하자, 일본인 감독이 게으름을 피운다면서 때리고 내쫓는다. 열심히 살아 봐야 나아지는 건 아무것도 없다. 오히려 가진 자들은 계속 풍요롭게 살고, 없는 자들은 더욱 가난해진다.

윤호는 싸움이면 남에게 지고, 일이면 남보다 많이 한다. 아버지에게 받은 유산을 삼촌에게 빼앗겼어도 가만히 있는다. 동네 심부름은 모두 자기와 아내가 도맡아 하면서도 책망과 욕을 듣는다. 그렇게 선하게 살면 복을 받는다고, 부지런하면 부자가 된다는 말을 믿고 조금도 어기지 않고 지켜 왔지만 윤호에게 남은 건 병과 굶주림, 모욕밖에 없다. 욕심 많고 우락부락하고 못된 짓 잘 하는 무리들은 잘 입고, 잘 먹고, 잘 쓴다. 윤호는 호의호식하는 자들과 자신을 비교하면서 현실의 모순을 깨닫는다. 실낱같은 목숨과 아내만 남은 윤호는 결국 범행을 결심한다.

착실한 삶은 보상되지 않는다. 오히려 더 상황만 악화될 뿐이다. 결국 현실의 모순은 범죄를 불러일으킨다. 윤호는 이 주사를 찾아가 칼을 들이밀고 돈을 훔쳐 온다. 남에게 피해를 주지 않고 성실히 살아왔던 윤호는 사회적 모순으로 인해 더 나아지지 않는다는 것을 알고 범행을 실행에 옮기게 되는 것이다.

쥐도 위험에 처하면 고양이를 문다. 선량한 사람도 극한의 상황에 처하면 결국 사람을 해칠 수밖에 없다. 「박돌의 죽음」이나 「홍염」의 경우 암울한 현실을 견디지 못해 방화와 살인을 저지른다. 이러한 태도는 현실에 대한 보상의 의미보다는 횡포를 부린 가진 자에 대한 보복에 가깝다. 그러나 「큰물 진 뒤」는 피해를 준 사람에 대한 보복과 상관없는 사람에게 행하는 무차별적 범죄이다. 부조리한 사회는 결국 연쇄적으로 부조리한 상황을 연출하게 되는 것이다.

삶의 원동력은 무엇일까?
첫째도 욕망, 둘째도 욕망, 셋째도 욕망이다.
— 스탠리 쿠니츠(미국의 시인, 1905~2006)

「기아와 살육」(『조선문단』, 1925)은

궁핍한 삶의 체험이 사실적으로 나타난

단편소설로,

한 가족의 비극적인 삶의 종말을 보여 준다.

기아(飢餓)와
살육(殺戮)

자기를 따라 수천 리 타국에 와서 주리고 헐벗다가
병나 드러누운 아내에게 의약을 못 써 주는 자기가
말로라도 왜 다정히 못 해 주었을까? 하는 생각이 치밀 때,
그는 죄송스럽고 애절하고 통탄스러웠다.

등장인물

경수 어머니와 아내, 세 살 난 딸을 데리고 사는 가장. 직업도 없이 집안이 점점
어려워지자 가장으로서의 책임감과 사회의 부조리 사이에서 갈등하며 괴
로워한다. 어머니의 죽음, 아내의 병환 등 가족과 삶에 대한 괴로움으로 가
족들을 죽이고 경찰서에 가서 순사를 죽인다.

어머니 현실에 순응하며 살아가는 인물. 중국인 개에게 물려죽는다.

기아(飢餓)와 살육(殺戮)

1

경수는 나무 도적질을 하고 집으로 돌아간다

경수는 묶은 나뭇짐을 짊어졌다.

힘에야 부치거나 말거나 가다가 거꾸러지더라도 일기가 사납지 않으면 좀 더 하려고 하였으나 속이 비고 등이 시려서 견딜 수 없었다.

키 넘는 나뭇짐을 가까스로 진 경수는 끙끙거리면서 험한 비탈길로 엉금엉금 걸었다. 짐바(짐을 묶는 데 쓰는 줄)가 두 어깨를 꼭 조여서 가슴은 뻐그러지는 듯하고 다리는 부들부들 떨려서 까딱하면 뒤로 자빠지거나 앞으로 곤두박질할 것 같다. 짐에 괴로운 그는,

"이놈 남의 나무를 왜 도적질해 가늬?"

하고 산 임자가 뒷덜미를 집는 것 같아서 마음까지 괴로웠다. 벗어 버리고 싶은 마음이 여러 번 나다가도 식구의 덜덜 떠는 꼴을 생각할 때면

다시 이를 갈고 기운을 가다듬었다.

서북으로 쏠려 오는 차디찬 바람은 그의 가슴을 창살같이 쏜다. 하늘은 담뿍 흐려서 사면은 어둑충충하다.

오 리가 가까운 집까지 왔을 때, 경수의 전신은 땀에 후줄근하였다. 몸을 움직일 때마다 의복 속으로 쾌지근한 땀 냄새가 물씬물씬 난다. 그는 부엌방 문 앞에 이르러서 나뭇짐을 진 채로 펑덩 주저앉았다.

'인제는 다 왔구나.'

하고 생각할 때, 긴장되었던 그의 신경은 줄 끊어진 활등같이 흐뭇하여져서(북한말, 긴장이 풀려 나른해져서) 손가락 하나 꼼짝할 용기도 나지 않았다.

"해해, 아빠 왔다. 아빠! 해해."

뚫어진 문구멍으로 경수를 내다보면서 문을 탁탁 치는 것은 금년에 세 살 나는 학실이었다. 꿈같은 피곤에 싸였던 경수는 문구멍으로 내다보는 그 딸의 방긋 웃는 머루알 같은 눈을 보고 연한 소리를 들을 제 극히 정결하고 순화하고 부드럽고 따뜻한, 무어라 형용키 어려운 감정이 그 가슴에 넘쳤다. 그는 문이라도 부수고 들어가서 학실이를 꼭 껴안고 그 연한 입술을 쪽쪽 빨고 싶었다.

"응, 학실이냐?"

그는 빙그레 웃으면서 바와 낫을 뽑아 들었다. 이때 부엌문이 덜컥 열렸다.

"이제 오늬? 네 오늘 칩었겠구나! 배두 고프겠는데 어찌겠는구?"

하면서 내다보는 늙은 부인은 억색(臆塞)해한다(억울하거나 원통하여 가슴이 답답해한다).

"어머니는 별 걱정을 다 함메! 일없소."

여러 해 동안 겪은 풍상고초(風霜苦楚, 찬 바람과 서리를 맞는 괴로움과 아픔. 온갖 모진 시련과 고난을 의미)를 상징하는 그 어머니의 주름 잡힌 낯을 볼 때마다 경수의 가슴은 전기를 받는 듯이 찌르르하였다.

2

경수는 가장의 노릇을 하지 못하는 자신이 부끄럽다

경수는 부엌에 들어섰다(북도는 부엌과 구들이, 사이에 벽 없이 한데 이어 있다).

벽에는 서리가 드리돋고(마구 돋아나고) 구들에는 먼지가 풀썩풀썩 일어나는 이 어둑한 실내를 볼 때, 그는 새삼스럽게 서양 소설에 나타나는 비밀 지하실을 상상하였다. 경수는,

"아빠 아빠."

하고 달롱달롱 쫓아와서 오금에 매어달리는 학실이를 안고 문 앞에 앉아서 부뚜막을 또 물끄러미 보았다. 산후풍(産後風, 아이를 낳은 뒤 한기가 들어 떨고 식은땀을 흘리는 증상)이 다시 일어서 벌써 열흘 넘어 신음하는 경수의 아내는 때가 지덕지덕한(북한말. 먼지나 때 등이 묻어 더러운) 포대기와 의복에 싸여서 부뚜막에 고요히 누워 있다. 힘없이 감은 두 눈은 쑥 들어가고 그리 풍부치 못하던 살은 쪽 빠져서 관골(광대뼈)이 툭

나왔다.

"내 간 연에 더하지는 않았소?"

"더하지는 않았다마는 사람은 점점 그른다."

창문을 멍하니 보던 그 어머니는 머리를 돌려서 곁에 누운 며느리를 힘없이 본다.

문구멍으로 흘러드는 바람은 몹시 쌀쌀하다. 여러 날 불 끊은 구들은 얼음장같이 뼈가 저릿저릿하다.

누덕치마 하나도 못 얻어 입고 입술이 파래서 겨울을 지내는 학실이는 방긋방긋 웃으면서 경수의 무릎에 올라앉았다가는 내려서 등에 가업히고, 업혔다가는 무릎에 와 안기면서 알아 못 들을 어눌한 소리로 무어라고 지껄이기도 한다.

"안채에서는 아까두 또 나와서 야단을 치구⋯⋯."

그 어머니는 차마 못 할 소리를 하듯이 뒤끝을 흐리마리해(말끝을 분명치 않고 모호하게 해) 버린다.

"미친놈들 같으니라구, 누가 집세를 떼먹나! 또 좀 떼우면 어때?"

경수는 억결에 내쏘았다.

"야, 듣겠다. 안 그렇겠니? 받을 거 워쩌(어째) 안 받자구 하겠니? 안 주는 우리가 글치⋯⋯."

하는 어머니의 소리는 처참한 처지를 다시금 저주하는 듯했다.

"글키는? 우리가 두고 안 준답디까? 에그, 그 게트림하는 꼴들을 보지 말구 살았으면⋯⋯."

경수는 홧김에 이렇게 쏘았으나 그 가슴에는 천사만념(千思萬念, 천사만고. 여러 가지로 생각함)이 우물거렸다.

　어머니의 시대에는 남부럽잖게 지내다가 어머니가 늙은 오늘날, 즉 자기가 주인이 된 이때에 와서 어머니와 처와 자식을 뼈저린 냉방에서 주리게 하는 것을 생각하는 때면 자기가 이십여 년간 밟아 온 모든 것이 한 푼 가치가 없는 것 같고, 차마 내가 주인이라고 식구들 앞에 낯을 드러내 놓기가 부끄러웠다.

사회의 부조리를 실감하며 갈등을 느낀다

　'학교? 흥 그까짓 중학은 다녔대야 무얼 한 게 있누? 학비 때문에 오막살이까지 팔아 가면서 마쳤으나 무엇이 한 것이 있나? 공연히 식구만 못살게 굴었지!'

　그는 이렇게 하루도 몇 번씩 자기의 소행을 후회하고 저주하였다. 그러다가도,

　'아니다, 아니다.'

머리를 흔들면서,

　'내가 그른가? 공부도 있는 놈만 해야 하나? 식구가 빌어먹게 집까지 팔면서 공부하게 한 죄가 뉘게 있니? 내게 있을까? 과연 내게 있을까? 아아, 세상은 그렇게 알 터이지. 흥! 공부를 하고도 먹을 수 없어서 더 궁항(窮巷, 궁한 처지)에 들게 되니, 이것도 내 허물인가? 일을 하잖는다구? 일! 무슨 일? 농촌으로 돌아든대야 내게 밭이 있나? 도회로 나간대야 내게 자본이 있나? 교사 노릇이나 사무원 노릇을 한대야 좀 뾰로통

한 말을 하면 단박 집어세이고(매우 닦달하고)…… 그러면 나는 죽어야 옳은가? 왜 죽어? 시퍼렇게 산 놈이 왜 그저 죽어? 살 구멍을 뚫다가 죽어두 죽지! 왜 거저 죽어? 세상에 먹을 것이 없나? 입을 것이 없나? 입을 것 먹을 것이 수두룩하지! 몇 놈이 혼자 가졌으니 그렇지! 있는 놈은 너무 있어서 걱정하는데 한편에서는 없어서 죽으니 이놈의 세상을 그저 두나?

경수는 이렇게 돋쳐 생각할 때면 전신의 피가 막 끓어올라서 소리를 지르고 뛰어나가면서 지구 덩어리까지라도 부숴 놓고 싶었다. 그러나 미약한 자기의 힘을 돌아보고 자기 한몸이 없어진 뒤의 식구(자기에게 목숨을 의탁한)의 정상이 눈앞에 선히 보이는 듯할 때면 '더 참자!' 하는 의지가 끓는 감정을 눌렀다.

그는 어디서든지 처지가 절박한 사람을 보면 가슴이 찌르르하면서도, 그 무리를 짓밟는 흉악한 그림자가 눈앞에 뵈는 듯해서 퍽 불쾌하였다.

'아아, 내가 왜 주저를 하나? 모두 다 집어치워라. 어머니, 처, 자식─그 조그마한 데 끌릴 것 없다. 내 식구만 불쌍하냐? 세상에는 내 식구보담도 백 배나 주리는 사람이 있다. 이것저것 다 돌볼 것 없이 모든 인류가 다 같이 살아갈 운동에 몸을 바치자!'

그는 속으로 이렇게 결심도 하고 분개도 하였으나 아직 그렇게 나서기에는 용기가 부족하였다. 아니 용기가 부족이라는 것보담 식구에게 대한 애착이 너무 컸다.

지금도 어수선한 광경에 자극을 받은 경수는 무릎을 끌어안은 두 손

엄지가락을 맞이어 배배 돌리면서 소리 없는 아내의 꼴을 골똘히 보고 있다.

철없는 학실이는 그저 몸에 와서 지근지근한다. 아까는 귀엽던 학실이도 이제는 귀찮았다. 그는 학실이를 보고,

"내가 자겠다. 할머니 있는 데로 가거라."

하면서 부엌에서 불을 때는 어머니를 가리켰다. 그리고 그는 그냥 드러누웠다. 그는 이 생각 저 생각 끝에, 모두 죽어라! 하고 온 식구를 저주했다. 모두 다 죽어 주었으면 큰 짐이나 벗어 놓은 듯이 시원할 것 같다.

'아니다. 그네도 사람이다. 산 사람이다. 내가 내 삶을 아낀다 하면 그네도 그네의 삶을 아낄 것이다. 왜 죽으라고 해! 그네들을 이 땅에 묻어? 내가 데리고 이 북만주에 와서 그네들은 여기다 묻어 놓고 내 혼자 잘 살아가? 아아, 만일 그렇다 해 보자! 무덤을 등지고 나가는 내 자국자국에 붉은 피가! 저주의 피가 콜작콜작 고일 테니 낸들 무엇이 바로 되랴? 응! 내가 왜 죽으려고 했을까? 살자! 뼈가 부서져도 같이 살자! 죽으면 같이 죽고!'

그는 무서운 꿈이나 본 듯이 눈을 번쩍 떴다가 다시 감으면서 돌아누웠다.

3

아파서 괴로워하는 아내를 걱정한다

"여보!"

잠잠하던 아내는 경수를 부른다. 그 소리는 가까스로 입 밖에 흘러나오는 듯이 미미하다.

"또 어째 그러오?"

경수는 낯을 찡그리고 휙 일어나면서 역증 나게 대답했다. 그러나 그것은 아내의 부르는 것이 역증 나거나 귀찮아서 그런 것이 아니었다. 가슴에 알지 못할 불쾌한 감정이 울근불근할 제 제 분에 못 겨워서 그렇게 대답한 것이다.

그 아내는 벌떡 일어나는 경수를 보더니 아무 소리 없이 눈을 스르르 감는다. 감는 그 두 눈으로부터 굵은 눈물이 뚤뚤 흘러 해쓱한 뺨을 스치고 거적자리에 떨어진다. 그것을 볼 때 경수의 가슴은 몹시 쓰렸다. 일없이 퉁명스럽게 대답한 것이 후회스러웠다.

자기를 따라 수천 리 타국에 와서 주리고 헐벗다가 병나 드러누운 아내에게 의약을 못 써 주는 자기가 말로라도 왜 다정히 못 해 주었을까? 하는 생각이 치밀 때, 그는 죄송스럽고 애절하고 통탄스러웠다. 이때 그 아내가 일어나서 도끼로 경수의 목을 자른다 하더라도 그는 순종하였을 것이다. 그는 아내를 얼싸안고 자기의 잘못을 백 번 사례하고 싶었다.

"여보! 어듸 몹시 아프우?"

경수는 다정스럽게 물으면서 곁으로 갔다.

"야 이거 또 풍(風, 중풍. 전신 마비 따위의 증상)이 이는 게다."

불을 때고 올라와서 학실이를 재우던 어머니는 며느리의 낯을 보더니 겁난 목소리로 부르짖는다.

이를 꼭 악문 병인의 이마에는 진땀이 좁쌀같이 빠직빠직 돋았다. 사들사들한 두 입술은 시우쇠(무쇠를 불에 달구어서 단단하게 만든 쇠붙이) 빛같이 파랗다. 콧등에도 땀방울이 뽀직뽀직 흐른다. 그의 호흡은 몹시 급하다.

여러 날 경험에 병세를 짐작하는 경수의 모자는 포대기를 들고 병인의 팔과 다리를 보았다. 열 발가락, 열 손가락은 꼭꼭 곱아들었고 팔다리의 관절관절은 말끔 줄어붙어서 소디손(좁디좁은) 나무통에다가 집어넣은 사람같이 되었다.

어머니와 경수는 이전처럼 그 팔다리를 주물러 펴려고 애썼으나 점점 줄어붙어서 쇳덩어리같이 굳어만 지고 병인은 더욱 괴로워한다.

"여보, 속은 어떠오?"

경수는 물 퍼붓듯 하는 아내의 이마의 땀을 씻으면서 물었다. 아내는 무슨 말을 하려고 입술을 너분적거리나(사이가 조금 뜨게 자꾸 움직이나) 혀가 굳어서 하지 못하고 눈만 번쩍 떠서 경수를 보더니 다시 감는다. 그 두 눈에는 핏발이 새빨갛게 섰다. 경수는 가슴이 쯔르르하고 머리가 띵할 뿐이었다.

"야, 학실 어멈아! 늬 이게 오늘은 웬일이냐? 말두 못 하니? 에구! 워쩐 땀을 저리두 흘리늬?"

어머니는 부들부들 떨면서 병인의 팔다리를 주무른다. 병인은 호흡이 점점 높아 가고 전신에서 흐르는 땀은 의복 거죽까지 내배어서 포대기를 들썩거릴 때마다 김이 물씬물씬 오른다.

"에구, 네가 죽는구나! 에구, 어찌겠는구! 너를 뜨뜻한 죽 한 술 못 멕이고 죽이는구나! 하, 야 학실 아비야! 가 봐라! 응, 또 가 봐라, 가서 사정해라! 의원(醫員)두 목석이 아니문 이번에야 오겠지! 좀 가 봐라. 침이라두 맞혀 보고 쥑여야 원통찮지!"

경수는 벌떡 일어섰다. 무슨 결심이나 한 듯이 그의 눈에는 엄연(罨然)한(북한말. 깊이 감추거나 숨기는) 빛이 돈다.

4

경수는 아내를 위해 의사를 데려온다

네 번이나 사절하고 응하지 않던 최 의사는 어찌 생각하였는지 오늘은 경수를 따라왔다.

맥을 짚어 본 의사는 병을 고칠 테니 의채(醫債, 약값이나 치료비) 오십 원을 주겠다는 계약을 쓰라 한다.

경수 모자는 한참 묵묵하였다.

병인의 고통은 점점 심해 간다.

경수는 몸이 부르르 떨렸다. 최 의사를 단박 때려서 죽여 버리고 싶었다. 그러나 일각이 시급한 아내를 살려야 하겠다 생각하면 그의 머리는 숙여지지 않을 수 없었다. 그러나 이를 어찌하랴? 그러라 하면 오십 원을 내놓아야 하겠으니 오십 원은커녕 오 전이나 있나? 못 하겠소 하면 아내는 죽는다.

'아아, 그래 나의 아내는 죽이는가?'

생각할 때 그의 오장은 칼에 푹푹 찢기는 듯하였다.

"시방 돈이 없더라도 일없소. 연기를 했다가 일후에 주어도 좋지. 계약서만 써 놓으면……."

의사는 벌써 눈치챘다는 수작이다.

경수는 벼루를 집어다가 계약서를 써 주었다. 그 계약서는 이렇게 썼다.

'의채 일금 오십 원을 한 달 안으로 보급하되 만일 위약하는 때면 경수가 최 의사 집에 가서 머슴 일 년 동안 살 일.'

의사는 경수 아내의 팔다리를 동침으로 쓱쓱 지르고 나서 약화제(약을 짓기 위해 약 이름과 분량을 적은 종이) 한 장을 써 주면서,

"이것을 가지고 박 주사 약국에 가 보오. 내 약국에는 인삼이 없어서 못 짓겠으니."

하고는 돌아다도 보지 않고 가 버렸다.

병인의 사지는 점점 풀리면서 순하여진다.

처방전을 가지고 약국에 가나 빈손으로 나온다

경수는 차마 발길이 떨어지지 않았다. 그 약국 문 앞에 이르러서 퍽 주저거리다가 할 수 없이 방에 들어섰다.

약 냄새는 코를 쿡 찌른다. 그는 주저거리다가 겨우 입을 열었다.

"약을 좀 지어 주시오."

약국 주인은 아무 말 없이 화제(약화제의 준말)를 집어서 보다가 수판을 자각자각 놓더니,

"돈 가지고 왔소?"

하면서 경수를 본다. 경수의 낯은 화끈하였다.

"돈은 낼 드릴 테니 좀 지어 주시오."

경수의 목소리는 간수 앞에서 면회를 청하는 죄수의 소리 같다.

약국 주인은 아무 말도 없이 이마를 찡기면서 저편 방으로 들어간다. 경수는 모든 설움이 복받쳐서 눈물에 앞이 캄캄하였다. 일종의 분노도 없지 않았다. 세상은 너무도 자기를 학대하는 것 같았다. 그것이 새삼스럽게 슬프고 쓰리고 원통하였다. 방 안에 걸어 놓은 약봉지까지 자기를 비웃고 가라고 쫓는 것 같았다. 그는 소리 없는 눈물을 주먹으로 씻으면서 약국 문을 나섰다. 약국을 나선 경수는 감옥에서나 벗어난 듯이 시원하지만 빈손으로 집에 들어갈 일을 생각하면 또 부끄럽고 구슬펐다.

5

경수는 어머니가 집에 들어오지 않자 마음을 졸인다

경수는 집으로 돌아왔다.

집 안은 황혼빛에 어둑하여 모두 희미하게 보인다. 그는 아내의 곁에
가 앉았다.

"좀 어떻소? 어머니는 어디루 갔소?"

"어마님은 그집(당신)에서 나간 담에 이내 나가서 시방 안 들어왔소.
약으 져 왔소?"

아내의 소리는 퍽 부드러웠다. 경수는 무어라 대답하면 좋을지 몰랐
다. 어서 괴로운 병을 벗어나서, 한 찰나라도 건전한 생을 얻으려는 그
아내에게, 그가 먹어야만 될 약을 못 지어 왔소 하기는 남편 되는 자기
의 입으로는 차마 말할 수 없었다.

"지금 지어요. 나는 당신이 더치(나아가던 병세가 다시 더하여지지) 않은가
해서 또 왔소. 이제 또 가지러 가겠소."

경수는 아무쪼록 아내의 마음을 위로하려고 이렇게 말하였다. 그러나
그것이 경수에게는 더욱 고통이 되었다. 내가 왜 진실히 말 안 했누? 생
각할 때, 그 순박한 아내를 속인 것이 무어라 할 수 없이 가슴이 아팠다.
아내는 그 약을 기다릴 것이다. 그 약에 의하여 괴로운 순간을 벗으려고
애써 기다릴 것이다. 이렇게 생각하면서도 그것이 거짓말이라고 고백
할 수도 없었다.

"돈 없다구 약국쟁이가 무시기라구 안 합데?"

"흥!"

경수는 그 소리에 가슴이 꽉 막혔다. 그 무슨 의미로 흥! 했는지 자기도 몰랐다. 그는 아무 소리 없이 손가락만 비비고 앉았다. 어머니가 얼른 오시잖는 것이 퍽 조마조마하였다. 그는 불만 멍하니 쳐다보았다. 빤한(어두운 가운데 밝은 빛이 비쳐 조금 환한) 기름불은 실룩실룩하여 무슨 괴화(怪火, 까닭 모르게 일어난 불)같이 보이더니 인제는 윤곽만 희미하여 무리를 하는 햇빛 같다. 모든 빛은 흐리멍덩하다. 자기 몸은 꺼먼 구름에 싸여서 밑없고 끝없는 나라로 흥덩거려(북한말, 둥둥 떠 이리저리 자꾸 흔들려) 들어가는 것 같다.

꺼지고 거무레한 그의 눈 가장자리가 실룩실룩하더니 누른빛을 띤 흰자위에 꾹 박힌 두 검은자위가 점점 한곳으로 모여서 모들떴다(눈동자를 한쪽으로 모아 앞을 바라보았다). 그의 낯빛은 점점 검푸르러 가며 두 뺨과 입술은 경련적으로 떨린다.

그는 모들뜬 눈을 점점 똑바로 떠서 부뚜막을 노려보고 있다. 그의 눈에는 새로 보이는 괴물이 있다. 그 괴물들은 탐욕(貪慾)의 붉은빛이 어리어리한 눈을 날카롭게 번쩍거리면서 철관(鐵管)으로 경수 아내의 심장을 꾹 질러 놓고는 검붉은 피를 쭉쭉 빨아 먹는다. 병인은 낯이 새까맣게 질려서 버둥거리며 신음한다. 그렇게 괴로워할 때마다 두 남녀는 피에 물든 새빨간 혀를 내두르면서 '하하하' 웃고 손뼉을 친다.

경수는 주먹을 부르쥐면서 소름을 쳤다. 그는 뼈가 쩌릿쩌릿하고 염통이 쏙쏙 찔렸다. 그는 자기 옆에도 무엇이 있는 것을 보았다. 눈깔이 벌건 자들이 검붉은 손으로 자기의 팔다리를 꼭 잡고 철관으로 자기의 염통 피를 빨면서 홍소(哄笑, 입을 크게 벌리고 떠들썩하게 웃는 웃음)를 친다. 수염이 많이 나고 낯이 시뻘건 자는 학실이를 집어서 바작바작 깨물어 먹는다. 경수는 악 소리를 치면서 벌떡 일어섰다. 그것은 한 환상이었다. 그는 무서운 사실을 금방 겪은 듯이 눈을 비비면서 다시 방 안을 돌아보았다. 불빛이 어스름한 방 안은 여전하다.

그의 어머니는 그저 오지 않았다. 오늘은 어머니가 어떻게 기다려지는지 마음이 퍽 졸였다. 너무도 괴로워서 뉘 집 우물에 가서 빠져 죽은 것 같기도 하고 어느 나뭇가지에 가서 목이라도 맨 것같이도 생각났다. 그럴 때면 기구한 어머니의 시체가 눈에 보이는 듯하였다. 그는 뒷간에도 가 보고 슬그머니 앞집 우물에도 가 보았다. 그 어머니는 없었다. 그럴 리가 없겠지? 하고 자기의 무서운 상상을 부인할 때마다 그러한 생각을 하는 자기가 고약스럽고 악착스러웠다.

이렇게 마음을 졸이는 경수는 잠든 아내의 곁에 앉았다. 학실이도 그저 깨지 않고 잘 잔다. 뼈저리게 차던 구들이 뜨뜻하니 수마(睡魔, 견딜 수 없이 오는 졸음)가 모든 사람을 침범한 것이다. 경수도 몸이 노곤하면서 졸음이 왔다.

"경수 있나?"

밖에서 부르는 소리에 경수는 깜짝 놀라 일어섰다. 이때 그의 심령은 그에게 무슨 불길(不吉)을 가르치는 듯하였다.

경수는 문 밖에 나섰다.

쌀쌀한 어둠 속에서 사람들이 수수거린다(수군거린다. 시끄럽고 떠들썩하여 뒤숭숭하다). 그는 공연히 가슴이 덜컥하고 두근두근하였다. 그는 앞뒤를 얼결에 돌아보았다. 누군지 히슥한(북한말. 색이 조금 허연) 것을 등에 업고 경수의 앞에 나타났다.

"아이구, 어머니!"

그 사람의 등에 업힌 것을 들여다보던 경수는 이렇게 소리를 지르면서 축 늘어져서 정신없는 어머니에게 매달렸다.

6

어머니가 되놈의 개에게 물려 죽는다

경수의 어머니는 방에 들여다 눕혔다. 다리와 팔에서는 검붉은 피가 그저 줄줄 흘러서 걸레 같은 치마저고리에 피 흔적이 임리하다(흥건하다). 낯(얼굴)에 고기(살점)도 척척 떨어졌다. 그는 정신없이 축 늘어졌다. 사지는 냉랭하고 가슴만 팔딱팔딱한다.

경수는 갑갑하여 울음도 나지 않고 말도 나오지 않았다.

"이게 어쩐 일이오?"

죽, 모여 선 사람 가운데서 누가 묻는다. 입을 쩍쩍 다시고 앉았던 김 참봉은 말을 냈다.

"하, 내가 지금 최 도감하구 물남(강의 남쪽 지역)에 갔다 오는데 요 물 건너 되놈[支那人 ; 지나인. 중국인]의 집 있는 데루 가까이 오니 그늠으 집 개가 어떻게 짖는지! 워낙 그늠으 개가 사나운 개니까 미리 알아채리느라구 돌째기(돌멩이)를 찾느라고 엎대서 낑낑 하는데 '사람 살리오!' 하는 소리가 개 소리 가운데 모기 소리만치 들린단 말이야! 그래 최 도감하구 둘이 달려가 보니까 웬 사람을 그늠으 개들이 물어뜯겠지! 그래 소리를 쳐서 주인을 부른다, 개를 쫓는다 하구 보니 아 이 늙은이겠지."

하며 김 참봉은 경수 어머니를 가리킨다.

"에구 그놈의 개가 상년(지난해)에두 사람을 물어 쥑였지."

누가 말한다.

"그래 임자는 가만히 있나?"

또 누가 묻는다.

"그 되놈덜! 개를 클아배(할아버지)보다 더 모시는데! 사람을 문다구 누군지 그 개를 때렸다가 혼이 났는데두!"

"이놈(중국인)의 땅에 사는 우리가 불쌍하지!"

이 사람 저 사람의 소리에 말을 끊었던 김 참봉은 또 입을 열었다.

"그래 몸을 잡아 일으키니 벌써 정신을 잃었겠지요. 그런데두 무시긴지 저거는 옆구리에 꼭 껴안고 있어."

하면서 방바닥에 놓은 조그마한 보퉁이를 가리킨다.

"그게 무시기요?"

하면서 누가 그것을 풀었다. 거기서는 한 되도 못 되는 누런 좁쌀이 우시시(어지럽게 흩어져) 나타났다. 경수 어머니는 앓는 며느리를 먹이려고 자기 머리의 다리[月子 ; 월자, 예전에 여자들이 머리숱 많아 보이라고 덧넣었던 딴머리]를 풀어 가지고 물남에 쌀 팔러 갔던 것이다.

자던 학실이는 언제 깨었는지 터벅터벅 기어 와서 할머니를 쥐어흔

든다.

"할머니, 일어나라, 이차! 이차!"

학실이는 항상 하는 것같이 잠든 할머니를 깨우는 모양으로 할머니의 머리를 들어 일으키려고 한다. 경수의 아내는 흑흑 운다. 너무도 무서운 광경에 놀랐는지 그는 또 풍증이 일어났다. 철없는 학실이는 할머니가 일어나지 않고 대답도 없으니 어미 있는 데 가서 젖을 달라고 가슴에 매달린다. 괴로워하는 그 어미의 호흡은 점점 커졌다.

모였던 사람은 하나둘씩 흩어진다. 누가 뜨뜻한 물 한 술 갖다 주는 이가 없다.

가족을 살해한 경수는, 경찰서로 가 총에 맞아 죽는다

경수는 머리가 띵하였다. 그는 사지가 경련되는 것을 느꼈다. 그의 가슴에서는 연덩어리(납덩어리)가 쑤심질하는 듯도 하고 캐한 연기가 팽팽 도는 듯도 하고 오장을 바늘로 쏙쏙 찌르는 듯도 해서 무어라 형언할 수 없었다. 갑자기 하늘은 시커멓게 흐리고 땅은 쿵쿵 꺼져 들어간다. 어둑한 구석구석으로부터는 몸서리치도록 무서운 악마들이 뛰어나와서 세상을 깡그리 태워 버리려는 듯이 뻘건 불길을 활활 내뿜는다. 그 불은 집을 불사르고 어머니를, 아내를, 학실이를, 자기까지 태워 버리려고 확확 몰려온다.

뻘건 불 속에서는 시퍼런 칼을 든 악마들이 불끈불끈 나타나서 온 식구들을 쿡쿡 찌른다. 피를 흘리면서 혀를 가로 물고 쓰러져 가는 식구들의 괴로운 신음 소리는 차마 들을 수 없이 뼈까지 저리다. 그 괴로워하는 삶(生)을 어서 면케 하고 싶었다. 이러한 환상이 그의 눈앞에 활동사진같이 나타날 때,

"아아, 부숴라! 모두 부숴라!"

소리를 지르면서 그는 벌떡 일어섰다. 그의 손에는 식칼이 쥐어졌다. 그는 으악 – 소리를 치면서 칼을 들어서 내리찍었다. 아내, 학실이, 어머니 할 것 없이 내리찍었다. 칼에 찍힌 세 생령은 부르르 떨며, 방 안에는 피비린내가 탁 터졌다.

"모두 죽여라! 이놈의 세상을 부수자! 복마전(伏魔殿, 마귀가 숨어 있는 집이나 굴) 같은 이놈의 세상을 부수자! 모두 죽여라!"

밖으로 뛰어나오면서 외치는 그 소리는 침침한 어둠 속에 쌀쌀한 바람과 같이 처량히 울렸다. 그는 쓸쓸한 거리에 나섰다. 좌우에 고요히 늘어 있는 몇 개의 상점은 빈지(널빈지. 한 짝씩 끼웠다 떼었다 하는 문)를 반은 닫고 반은 열어 놓았다.

경수의 눈앞에는 아무 거리낄 것, 아무 주저할 것이 없었다. 그는 허둥지둥 올라가면서 다 닥치는 대로 부순다. 상점이 보이면 상점을 짓모으고(잘게 부스러뜨리고) 사람이 보이면 사람을 찔렀다.

"홍으적(도적놈)이야!"

"저 미친놈 봐라!"

고요하던 거리에는 사람의 소리가 요란하다.

"내가 미쳐? 내가 도적놈이야? 이 악마 같은 놈들 다 죽인다!"

경수는 어느새 웃장거리 중국 경찰서 앞까지 이르렀다. 그는 경찰서

기아(飢餓)와 살육(殺戮)

앞에서 파수 보는 순사를 콱 찔러 누이고 안으로 뛰어 들어갔다. 창문을 부순다. 보이는 사람대로 찌른다.

"꽝…… 꽝…… 꽝꽝."

경찰서 안에서는 총소리가 연방 났다. 벽력같이 울리는 총소리는 쌀쌀한 바람과 함께 거리에 처량히 울렸다.

모든 누리는 공포의 침묵에 잠겼다.

이야기 따라잡기

경수는 집안 살림을 팔아 중학까지 나온 인물이며, 어머니와 아내, 그리고 딸(학실이)을 데리고 사는 가장이다. 특별한 직업이 없는 그의 가정 형편은 늘 어렵다.

경수가 나무 도적질을 하여 집으로 내려온 날 집세를 받으러 주인집에서 다녀갔다는 말을 듣고 가장 노릇을 하지 못하는 자신을 부끄러워한다. 하지만 이런 것이 자신의 탓만은 아니라는 생각에 갈등을 느낀다.

경수의 아내는 병에 걸렸으나 치료를 받지 못하여 병세가 점점 악화되어 간다. 결국 풍(風)까지 일게 되자 경수는 최 의사에게 다시 한 번 부탁하러 간다. 돈이 없는 그의 사정을 파악한 최 의사는 경수에게 종살이 계약서를 쓰게 한 후 치료를 하고 처방전을 내린다.

처방전을 가지고 약국으로 간 경수는 자신을 무시하는 듯한 약사의 행동에 설움을 느끼며 빈손으로 나와 버린다. 집으로 돌아가 아내에게는 약을 짓는 중이라 거짓말을 하며 자신의 행동에 답답함을 느낀다. 그리고 늦은 저녁까지 돌아오지 않는 어머니를 마음을 졸이며 기다린다.

몸이 노곤하여 졸음이 몰려왔을 때, 경수를 부르는 다급한 목소리가 들린다. 밖으로 나가 보니 다른 사람의 등에 어머니가 축 늘어져 업혀 있다. 어머니는 앓는 며느리를 위해 물남까지 쌀을 팔러 갔다가 중국인의 개에게 물어뜯긴 것이다.

경수는 머리가 띵해지면서 뻘건 불과 악마들의 환상을 본다. 그는 식칼을 쥐고 아내, 학실이, 어머니를 죽인다. 밖으로 뛰어나간 그는 눈에 보이는 사람들을 죽이고, 경찰서에 들어간다. 그리고 경찰서에서는 연거푸 총소리가 난다.

쉽게 읽고 이해하기

이주민의 비참한 삶

일제강점기 시절, 어려운 형편에서 조금이라도 벗어나기 위해 많은 하층민이 고국을 등지고 간도나 만주 등으로 이민을 갔다. 그러나 이민을 간 곳에서의 삶은 고국에 있을 때보다 나아진 것이 없었다. 이러한 현실은 최서해 자신의 직접적인 경험에서 비롯된 것이다. 극빈층의 삶을 살았던 최서해는 간도 등 이국에서 빈민 노동자로서의 경험을 작품에 그대로 반영하였다.

「기아와 살육」에서 경수는 살기 위해 노모와 아내, 딸을 데리고 북만주로 이민을 간다. 그러나 이국 타역은 그 어떤 아량도 베풀지 않아, 경수는 결국 남의 집 산에서 자기 키가 넘는 나뭇짐을 훔쳐 먹고 산다. 중학까지 나온 경수로서는 자신의 삶이 너무나 비참하고 원통하다.

아내의 병이 위독해 죽어가는데 의사는 돈이 없으면 치료를 못 해 주겠다고 한다. 결국 경수가 한 달 안으로 갚되 못 갚으면 머슴을 일 년 동안 살겠다는 계약서를 쓰고서야 의사는 침 몇 번 놔주고, 처방전을 써 준다. 약을 사러 가서도 약국 주인이 무시하는 태도를 보이자 세상이 너무도 자기를 학대하는 것 같아 마음이 슬프고 쓰리다. 「박돌의 죽음」에서 의원이 박돌 어미의 행색을 보고 내쫓아 결국 박돌이 죽음을 맞게 되듯 여기서도 가진 자는 황금만능주의에 빠져 사람을 돈으로 평가한다.

일제강점기 희망을 품고 간 이민은 더 비참하고 원통한 상황을 만든다. 본인도 제대로 먹지도 못하면서 아들과 며느리를 걱정하다 중국인 개에게 물어뜯긴 노모, 아무것도 모르는 철없는 어린 딸, 병든 아내. 그리고 이들을 먹여살려야 하는 빈민 노동자 가장은 열심히 노력해 보지만 사회적 모순에 부딪혀 현재의 상황에서 벗어날 수 없음을 절실히 느끼게 된다.

환상을 통한 현재 상황의 극복

사람이 개에게 물려 죽어가는데도 눈 하나 깜짝하지 않는 중국인의 태도에 이민족으로서 서러움을 느낀 경수는 환상에 빠져든다. 갑자기 하늘은 시커멓게 흐려지고 땅은 꺼져 들어간다. 어두운 구석에서 무서운 악마들이 뛰어나와서 뻘건 불길을 활활 내뿜는다. 그 불은 집을 불사르고, 시퍼런 칼을 든 악마들이 불끈불끈 나타나서 온 식구들을 찔러 죽인다. 이러한 환상은 현재 경수가 처한 상황을 말한다. 죽을 지경에 이른 식구들을 구하기 위해 경수는 식칼을 쥔다.

억울한 상황에서 소극적 울음으로 자신의 상황에 대처하던 경수는 환상을 통해 구체적 행동으로 대항하고 있는 것이다. 그러나 문제는 자신의 가족들을 구하는 행동이 아니라는 것이다. 극단적인 행동으로 인해 오히려 자신의 가족을 해치고 불특정 다수를 향해 무차별적으로 살인을 저지르게 되는 테러라는 점이다.

당시 나라를 빼앗기고 이민을 갈 수밖에 없었던, 그리고 이민을 가서도 하층민으로서의 서러움을 겪어야만 했던 시대적 아픔을 「기아와 살육」에서는 개인적 환상을 통해 표출한다. 암울한 시대적 상황을 하늘이 어두워지고 땅이 꺼져 가는 것으로, 가진 자로서 횡포를 부리는 사람들을 악마로, 그리고 그들의 행동은 불길과 칼로 비유하여 비참한 현실을 묘사한다. 그리고 이 환상을 통해 악인을 처단하는 행위로 살인을 미화시킨다.

사회적 모순에 대한 저항 의식

최서해의 소설에서는 절대적 빈곤층의 삶이 나아지는 것 없이 더욱 악화되어 결국 방화나 살인을 저지르게 되는 것으로 마무리된다. 개혁이 불가능하므로 테러를 자행한다. 사회적 모순에 의해 해택을 받는 이들에게, 테러를 통해 적극적인 저항 의지를 표현하고 노골적인 반감을 드러내고 있는 것이다. 최서해는 최하위의 빈민 체험을 통해 이민족으로서 겪는 설움과 부당함을 적나라하게 묘사하고, 주인공의 적극적인 저항 의지(방화나 살인 등)를 그림으로써 당시의 식민지 현실의 부당함과 그에 대한 반감을 드러내고 있다. 「기아와 살육」은 최서해의 단편소설 「토혈」을 개작한 작품으로 「토혈」에서는 빈민 노동자의 비참하고 궁핍한 삶을 단순한 개인적 고뇌와 갈등으로 치부하였다면 「기아와 살육」에서는 좀 더 적극적인 저항적 태도로 살인을 저지르게 되는 데까지 심화된다.

중국인이 지주가 되어 계급적 차별과 부당한 핍박을 감행하자 이에 대해 적극적 저항과 노골적인 반감을 드러낸다. 일제강점기에 나라를 빼앗긴 것도 모자라 이민족에게 죽임을 당하고도 아무것도 할 수 없는 경수는 결국 테러라는 극단적 행동을 통해 사회의 부조리한 현실과 모순을 타파하고자 한다.

「홍염」(『조선문단』, 1926)은

1920년대 겨울,

백두산 서간도를 배경으로,

착취당하는 조선인 소작농의

울분과 저항을 그린 단편소설이다.

홍염

경기도에서도 소작인 십 년에 겨죽만 먹다가
그것도 자유롭지 못하여 딸 하나 앞세우고 이 서간도로 찾아들었더니
여기서도 그네를 맞아 주는 것은 지팡살이였다.
이름만 달랐지 역시 소작인이다.

등장인물

문 서방   소작인. 간도로 이주한 후 중국인의 땅을 경작한다. 성실히 살아가며 아내
와 딸을 사랑하는 인물이다. 지주에게 딸을 빼앗긴 후 적개심을 품게 되고
결국 그를 살해한다.

인가   중국인 지주이자 문 서방의 사위. 빚을 받기 위해서는 폭력도 사용하는 몰
인정하고 포악한 인물이다. 용례에게 탐심을 품고 있다가 빚 대신 용례를
데려간다.

문 서방의 아내   딸을 빼앗긴 후 화병을 앓다가 죽는다.

용례   문 서방의 외동딸. 빚 대신으로 인가에게 잡혀간다.

홍염

1

조선 사람들은 살기 위해 빼허로 찾아든다

겨울은 이 가난한, 백두산 서북편 서간도 한 귀퉁이에 있는 이 가난한 촌락 '빼허[白河, 바이허]'에도 찾아들었다. 겨울이 찾아들면 조그마한 강을 앞에 끼고 큰 산을 등진 '빼허'는 쓸쓸히 눈 속에 묻혀서 차디찬 좁은 하늘을 쳐다보게 된다.

눈보라는 북국의 특색이다. '빼허'의 겨울에도 그러한 특색이 있다. 이것이 빼허의 생령(살아 있는 영혼, 사람들을 의미)들을 괴롭게 하는 것이다.

오늘도 눈보라가 친다.

북극의 얼음 세계나 거쳐 오는 듯한 차디찬 바람이 우 하고 몰려오는 때면 산봉우리와 엉성한 가지 끝에 쌓였던 눈들이 한꺼번에 휘날려서 이 좁은 산골은 뿌연 눈안개 속에 들게 된다. 어떤 때는 강골(강물이 흐르는 골짜기) 바람으로 빙판에 덮였던 눈이 산봉우리로 불리게 된다. 이렇게 교대로 산봉우리의 눈이 들로 내리고 빙판의 눈이 산봉우리로 올리 달려서 서로 엇바뀌는 때면 그런대로 관계치 않으나, 하늬[天風 ; 천풍. 하늘 높이 부는 바람]와 강바람이 한꺼번에 불어서 강으로부터 올리닫는 눈과 봉우리로부터 내리닫는 눈이 서로 부딪치고 어우러지게 되면 눈보라와 바람 소리에 빼허의 좁은 골짜기는 터질 듯한 동요를 받는다.

등진 산과 앞으로 낀 강 사이에 게딱지처럼 끼어 있는 것이 이 빼허의 촌락이다. 통틀어서 다섯 호밖에 되지 않는 집이나마 밭을 따라서 이리저리 흩어져 있다. 모두 커다란 나무를 찍어다가 우물 정(井) 자로 틀을 짜 지은 집인데 여기 사람들은 이것을 '귀틀집'이라 한다. 지붕은 대개 조짚이요, 혹은 나무껍질로도 이었다. 그 꼴은 마치 우리 내지(간도서는 조선을 내지라 한다)의 거름집[堆肥舍 ; 퇴비사. 퇴비를 넣어두는 헛간]과 같다. 심하게 말하는 이는 도야지굴과 같다고 한다.

이것이 남부여대(男負女戴, 남자는 지고 여자는 인다. 가난한 사람들이 살 곳을 찾아 이리저리 떠돌아다닌다는 의미)로 서간도 산골을 찾아들어서 사는 조선 사람의 집들이다. 빼허의 집들은 그러한 좋은 표본이다.

험악한 강산, 세찬 바람과 뿌연 눈보라 속에 게딱지처럼 붙어서 위태위태하게 침묵을 지키고 있는 그 모든 집에도 언제든지―공도(公道)가 위대한 공도가 어그러지지 않으면, 언제든지 꼭 한때는 따뜻한 봄볕이 지내리라. 그러나 이렇게 눈발이 날리고 바람이 우짖으면 그 어설궂은 (북한말, 몹시 어설픈) 집 속에 의지 없이 들어박힌 넋들은 자기네로도 알 수 없는 공포에 몸을 부르르 떨게 된다.

문 서방은 한 관청의 만류에도 불구하고 인가를 찾아간다

이렇게 몹시 춥고 두려운 날 아침에 문 서방은 집을 나섰다. 산산이 흐트러진 머리카락을 뿌연 상투에 휘휘 거둬 감고 수건으로 이마를 질끈 동인 위에 까맣게 그을은 대팻밥 모자를 끈 달아 썼다. 포대처럼 툭툭한 토수래(베실을 삶아서 짠 것이다) 바지저고리는 언제 입은 것인지 뚫어지고 흙투성이 되었는데 바람에 무겁게 흩날린다.

"문 서뱅이 발써 갔소?"

문 서방은 짚신에 들막(들메. 끈으로 신을 발에 동여매는 일)을 단단히 하고 마당에 내려서려다가 부르는 소리에 머리를 돌렸다. 펄쩍 문을 열면서 때가 찌덕찌덕한(때나 먼지가 아주 여기저기 묻어 있는) 늙은 얼굴을 내미는 것은 한 관청(韓官廳, 관청은 직함)이었다.

"왜 그러시우?"

경기 말씨가 그저 남아 있는 문 서방은 한 발로 마당을 밟고 한 발로 흙마루를 밟은 채 한 관청을 보았다.

"엑, 바름두…… 저, 엑 흑……."

한 관청은 몰아치는 바람이 아츠러운지(견디기 어려울 정도로 거북한지) 연방 흑흑 느끼면서,

"저, 일절 욕을 마오! 그게…… 엑, 워쩐 바름이 이런구. 그게 되놈[胡人 ; 호인. 중국 사람을 낮춰 이르는 말]인데, 부모두 모르는 되놈인데……."

하는 양은 경험 있는 늙은 사람의 말을 깊이 들으라는 어조이다.

"나는 또 무슨 말씀이라구! 아 그늠이 이번두 그러면 그저 둔단 말이

오?"

문 서방의 소리는 좀 분개하였다.

눈을 몰아치는 바람은 또 몹시 마당으로 몰아들었다. 그 판에 문 서방은 바람을 등지고 돌아서고 한 관청의 머리는 창문 안으로 자라목처럼 움츠려 들었다.

"글쎄 이 늙은 거 말을 듣소! 그늠이 제 가새비(장인)를 잘 알겠소? 흥⋯⋯."

한 관청은 함경도 사투리로 뇌면서 다시 머리를 내밀었다.

"염려 마슈! 좋게 하죠."

문 서방은 더 들을 말 없다는 듯이 바람을 안고 휙 돌아섰다.

"그새 무슨 일이나 없을까?"

밭 가운데로 눈을 헤갈면서 나가던 문 서방은 주춤하고 돌아다보면서 혼자 뇌었다.

눈보라 때문에 눈도 뜰 수 없거니와 지척을 분간할 수 없이 되어서 집은커녕 산도 보이지 않았다.

"그새 무슨 일이 날라구!"

그는 또 이렇게 혼자 뇌고 저고리 섶을 단단히 여미면서 강가로 내려가다가 발을 돌려서 언덕길로 올라섰다. 강얼음을 타고 가는 것이 빠르지만 바람이 심하면 빙판에서 걷기가 거북하여 언덕길을 취하였다. 하다니던 길이니 짐작으로 걷지 눈에 묻혀서 길이 보이지 않았다.

언덕길에 올라서니 바람은 더 심하였다. 우와 하고 가슴을 쳐서 뒤로 휘뚝 자빠질 것은 고사하고 눈발에 아츠럽게 낯을 쳐서 눈도 뜰 수 없고 숨도 바로 쉴 수 없었다. 뻣뻣하여 가는 사지에 억지로 힘을 주어 가면서 이를 악물고 두 마루턱이나 넘어서 '달리소'(문 서방의 사위 인가의 땅) 강가에 이르니 가슴에서는 잔나비가 뛰노는 것 같고 등골에는 땀이 흘렀다. 그는 서리가 뿌연 수염을 씻으면서 빙판을 건너갔다. 빙판에는 개가죽모자 개가죽바지에 커단 '울레(신)'를 신은 중국 파리(썰매)꾼들이 기다란 채찍을 휘휘 두르면서,

"뚜어, 뚜어, 딱딱."

하고 말을 몰아 간다.

"꺼울리 날췌(저 조선 거지 어디 가나)?"

중국 파리꾼들은 문 서방을 보면서 욕을 하였으나 문 서방은 허둥허둥 빙판을 건너서 높다란 바위 모롱이(산모퉁이의 휘어 둘린 곳)를 지나 언덕에 올라섰다.

문 서방은 인가의 땅 '달리소'에 도착한다

여기가 문 서방이 목적하고 온 '달리소'라는 땅이다. 이 땅 주인은 인(殷;은)가라는 중국 사람인데 그 인가는 문 서방의 사위이다. 저편 밭 가운데 굵은 나무로 울타리를 한 것이 인가의 집이다. 그 밖으로 오륙 호나 되는 게딱지 같은 귀틀집은 지팡살이(소작인)하는 조선 사람들의 집이다. 문 서방은 바위 모롱이를 돌아 언덕에 오르니 산이 서북을 가려서 바람이 좀 잠즉하여 좀 푸근한 느낌을 받았으나, 점점 인가—사위의 집 용마루가 보이고 울타리가 보이고 그 좌우의 같은 조선 사람의 집이 보

이니 스스로 다리가 움츠러지면서 걸음이 떠졌다(속도가 더디어졌다).

"엑 더러운 놈! 되놈에게 딸 팔아 먹는 놈!"

그것은 자기 스스로 한 일은 아니지만 어디선지 이런 소리가 귓청을 징징 치는 것 같은 동시에 개기름이 번지르르하여 핏발이 올올한 눈을 흉악하게 굴리는 인가―사위의 꼴이 언뜩 눈앞에 떠올라서 그는 발끝을 돌릴까 말까 하고 주저거렸다. 그러다가도,

"여보 용례(딸의 이름)가 왔소? 용례 좀 데려다주구려!"

하고 죽어가는 아내의 애원하던 소리가 귓가에 울려서 다시 앞을 향하였다.

"이게 문 서뱅이! 또 딸 집을 찾아가옵느마?"

머리를 수긋하고(조금 숙이고) 걷던 문 서방은 불의의 모욕이나 받는 듯이 어깨를 툭 떨어뜨리면서 머리를 들었다. 그것은 길 옆에서 돼지우리를 치던 지팡살이꾼의 한 사람이었다.

"네! 아아니……."

문 서방은 대답도 아니요 변명도 아닌 이러한 말을 하고는 얼른얼른 인가의 집으로 향하였다. 온 동리가 모두 나서서 자기의 뒤를 비웃는 듯해서 곁눈질도 못 하였다.

여기는 서북이 가려서 빼허처럼 바람이 심치 않았다. 흐릿하나마 볕도 엷게 흘렀다.

2

인가가 문 서방을 찾아와 빚을 갚으라 한다

"여보! 저 인가가 또 오는구려!"

가을볕이 쨍쨍한 마당에서 '깨'를 떨던 아내는 남편 문 서방을 보면서 근심스럽게 말하였다.

"오면 어쩌누? 와도 하는 수 없지!"

뒤주간(나무로 지은 곡식 창고) 앞에서 옥수수 껍질을 바르던 문 서방은 기탄없이(어려움이나 거리낌 없이) 말하였다.

"엑, 그 단련을 또 어찌 받겠소?"

아내의 찌푸린 낯은 스스로 흐렸다.

"참 되놈이란 오랑캐……."

"여보, 여기 왔소."

문 서방의 높은 소리를 주의시키던 아내는 뒤주간 저편을 보면서,

"아, 오셨소?"

하고 어색한 웃음을 웃었다.

"예 왔소? 장구재(주인) 있소?"

지주 인가는 어설픈 웃음을 지으면서 마당에 들어서다가 뒤주간 앞에 앉은 문 서방을 보더니,

"응, 저기 있소!"

하고 손가락질을 하면서 그 앞에 가 수캐처럼 쭈그리고 앉았다.

서천에 기운 태양은 인가의 이마에 번지르르 흘렀다.

"어듸 갔다 오슈?"

문 서방은 의연히 옥수수를 바르면서 하기 싫은 말처럼 힘없이 끄집어내었다.

"문 서방! 그래 올에두 비들(빚을) 모 가프겠소?"

인가는 문 서방 말과는 딴전을 치면서 담뱃대를 쌈지에 넣는다.

"허허, 어제두 말했지만 글쎄 곡식이 안 된 거 어떡하오?"

"안 돼! 안 돼! 곡시기 자르 되고 모 되구 내가 아르오? 오늘은 받아 가지구야 가겠소!"

인가는 담배를 피우면서 버티려는 수작인지 땅에 펑덩(맥없이 주저앉는 모양) 드러앉았다.

"내년에는 꼭 갚아 드릴께 올만 참아 주오! 장구재도 알지만 흉년이 되어서 되지두 않은 이것(곡식)을 모두 드리면 우리는 어떻게 겨울을 나라우, 응?…… 자, 내년에는 꼭, 하하……."

인가를 보면서 넋이 없는 웃음을 치는 문 서방의 눈에는 애원하는 빛이 흘렀다.

"안 되우! 안 돼! 퉁퉁디(모두) 주! 모두두 많이 부족이오."

"부족이 돼두 하는 수 없지. 글쎄 뻔히 보시면서 어떡하란 말이오? 휴."

"어째 어부소? 응 니디 어째 어부소 마리해! 울리 쌀리디, 울리 소금이디, 울리 강냉이디…… 니디 입이(그는 입을 가리키면서)디 안 먹어? 어째 어부소, 응?"

인가는 낯빛이 거무락푸르락해서 소리를 고래고래 질렀다. 문 서방은 더 말이 나오지 않았다.

문 서방은 빚을 갚을 형편이 못 된다

언제나 이놈의 소작인 노릇을 면하여 볼까? 경기도서도 소작인 십 년에 겨죽만 먹다가 그것도 자유롭지 못하여 남부여대로 딸 하나 앞세우고 이 서간도로 찾아들었더니 여기서도 그네를 맞아 주는 것은 지팡살이였다. 이름만 달랐지 역시 소작인이다. 들어오던 해는 풍년이었으나 늦게 들어와서 얼마 심지 못하였고 그 이듬해에는 흉년으로 말미암아 일 년 내 꾸어 먹은 것도 있거니와 소작료도 못 갚아서 인가에게 매까지 맞고 금년으로 미뤘더니 금년에도 흉년이 졌다. 다른 사람들도 빚을 지지 않은 바가 아니로되 유독이 문 서방을 조르는 것은 음흉한 인 서방의 가슴속에 문 서방의 용례(금년 열일곱)가 걸린 까닭이었다.

문 서방은 벌써 그 눈치를 알아채었으나 차마 양심이 허락지 않았다. 인가의 욕심만 채우면 밭맥[1맥은 10일경. 1일경은 약 천 평]이나 단단히 생겨 한평생 기탄없을 것을 모르지는 않지만 무남독녀로 고이 기른 딸을 되놈에게 주기는 머리에 벼락이 내릴 것 같아서 죽으면 그저 굶어 죽었지 차마 할 수 없었다. 그는 그런 것 저런 것 생각할 때마다 도리어 내지(조선)—쪼들려도 나서 자란 자기 고향에서 쪼들리던 옛날이—삼 년 전의 그 옛날이 그리웠다. 그러나 그것도 한 꿈이었다. 그 꿈이 실현되기에는 그네의 경제적 기초가 너무도 어줄이 없었다(어주리없었다, 미약하고 실속이 없었다). 빈 마음만 흐르는 구름에 부쳐서 내지로 보낼 뿐이었다.

"어째서 대답이 어부소, 응? 그래 울리 비디디 안 가파? 창우니! 빠피야(이놈 껍질 벗긴다)."

인가는 담뱃대를 꽁무니에 찌르면서 일어나 앉더니 팔을 걷는다. 그것을 본 문 서방 아내는 낯빛이 파랗게 질려서 부들부들 떨면서 이 편만 본다. 문 서방도 낯빛이 까맣게 죽었다.

"자, 그러면 금년 농사는 온통 드리지요."

문 서방의 목소리는 힘없이 떨렸다. 마치 종아리채를 든 초학 훈장의 앞에 엎드린 어린애의 소리처럼…….

"부요우(싫어)…… 퉁퉁디…… 모모 모두 우리 가져가두 보미(옥수수) 쓰단(4石), 쌔옌(소금) 얼씨진(20斤), 쑈미(좁쌀)디 빠단(8石)디 유아(있다)…… 니디 자리 알라 있소! 그거 안 줘?"

검붉은 인가의 뺨은 성난 두꺼비 배처럼 불떡불떡 하였다.

"나머지는 내년에 갚지요."

문 서방은 머리를 뚝 떨어뜨렸다.

"슴마(무엇)? 창우니 빠피야!"

인가의 억센 손은 문 서방의 멱살을 잡았다. 문 서방은 가만히 받았다. 정신이 아찔하였다.

"에구, 장구재…… 흑흑…… 장구재…… 제발 살려 줍쇼! 제발 살려 주시면 뼈를 팔아서라두 갚겠습니다. 장구재, 제발!"

문 서방의 아내는 부들부들 떨면서 인가의 팔에 매달렸다. 그의 애걸하는 소리는 벌써 울음에 떨렸다.

"내 보미 워디 소금이 낼라! 아니 줬소? 아니 줬소? 어 어째서 아니 줬소?"

인가의 주먹은 문 서방의 귓벽(귀의 안쪽 벽)을 울렸다.

"아이구!"

문 서방은 땅에 쓰러졌다.

"엑, 에구…… 응응응…… 에구, 장구재! 제발 제제…… 흑, 제발 좀 살려 줍쇼…… 응응."

쓰러지는 문 서방을 붙잡던 아내는 인가를 보면서 땅에 엎드려서 손을 비빈다.

"이 상느므 샛지(상놈의 자식)…… 니디 로포(아내) 워디(내가) 가져가!" 하고 인가는 문 서방을 차더니 엎드려서 손이야 발이야 비는 문 서방의 아내의 손목을 잡아끌었다.

"니디 울리 집이 가! 오늘리부터 니디 울리 에미네(아내)!"

"장구재…… 제발…… 에이구 응응……."

"에구 엄마!"

집 안에서 바느질하던 용례가 내달았다. 인가는 문 서방의 아내를 사정없이 끌고 자기 집으로 향한다.

용례가 인가에게 빚 대신 잡혀간다

"나를 잡아가라! 나를!"

쓰러졌던 문 서방은 인가의 팔을 잡았다.

"타마나!"

하는 소리와 같이 인가의 발길은 문 서방의 불거름(배꼽 아랫부분)으로 들어갔다. 문 서방은 거꾸러졌다.

"아이구, 어머니! 왜 울 어머니를 잡아가요? 응응…… 흑."

용례는 어머니의 팔목을 잡은 중국인의 손을 물어뜯었다. 용례를 본 인가는 문 서방의 아내는 놓고 문 서방의 딸 용례를 잡았다.

"이 개새끼야! 이것 놔라…… 응응 흑…… 아이구 아버지…… 엄마!"

억센 장정 인가에게 티끌같이 연연한 처녀는 몸부림을 하면서 발악을 하였다.

"용례야! 아이구, 우리 용례야!"

"에이구 응…… 너를 이 땅에 데리구 와서 개 같은 놈에게……."

문 서방의 내외는 허둥지둥 달려갔다.

낮빛이 파랗게 질린 흰 옷 입은 사람들은 죽 나와서 섰건마는 모두 시체같이 서 있을 뿐이었다. 여편네 몇몇은 치맛자락으로 눈물을 씻었다.

의연히 제 걸음을 재촉하는 볕은 서산에 뉘엿뉘엿하였다. 앞강으로 올라오는 찬바람은 스르르 스쳐 가는데 석양에 돌아가는 까마귀 울음은 의지 없는 사람의 넋을 호소하는 듯 처량하였다.

"에구, 용례야! 부모를 못 만나서 네 몸을 망치는구나! 에구, 이놈의 돈이 우리를 죽이는구나!"

문 서방의 내외는 그 밤을 인가의 집 울타리 밖에서 샜다. 누구 하나 들여다보지도 않는데 인가의 집에서 내놓은 개들은 두 내외를 잡아먹을 듯이 짖으며 덤벼들었다.

이리하여 용례는 영영 인가의 손에 들어갔다. 며칠 후에 인가는 지금 문 서방이 있는 빼허에 땅날갈이(하루갈이의 북한말. 소를 데리고 하루 낮 동안 갈 수 있는 밭의 넓이)나 있는 것을 문 서방에게 주어서 그리로 이사시켰다.

문 서방은 별별 욕과 애원을 하였으나 나중에 인가는 자기 집 일꾼들을 불러서 억지로 몰아냈다. 이리하여 문 서방은 차마 생목숨을 끊기 어려워서 원수가 주는 땅을 파먹게 되었다. 그것이 작년 가을이었다. 그 뒤로 인가는 절대로 용례를 밖으로 내보내지 않을 뿐만 아니라 그 어버이 되는 문 서방 내외에게도 보이지 않았다.

"용례는 매일 밥도 안 먹고 어머니 아버지만 부르고 운다."

하는 희미한 소식을 인가의 집에 가까이 드나드는 중국인들에게서 들을 때마다 문 서방은 가슴을 치고 그 아내는 피를 토하였다.

이리하여 문 서방의 아내는 늦은 여름부터 아주 병석에 드러누웠다. 그는 병석에서 매일 용례만 부르고 용례만 보여 달라고 졸랐다. 그래서 문 서방은 벌써 세 번이나 인가를 찾아가서 말했으나 효과가 없었다.

이번까지 가면 네 번째다. 이번은 어떻게 성사가 되겠지?

(간도에 있는 중국인들은 조선 여자를 빼앗아 가든지 좋게 사 가더라도 밖에 내보내지도 않고 그 부모에게까지 흔히 면회를 거절한다. 중국인은 의심이 많아서 그런다고 들었다.)

3

인가에게 딸을 만나게 해 달라고 사정한다

문 서방은 울긋불긋한 채필로 '관운장'과 '장비'를 무섭게 그려 붙인

집 대문 앞에 섰다. 문밖에서 뼈다귀를 핥던 얼룩개 한 마리가 웡웡 짖으면서 달려들더니 이 구석 저 구석에서 개무리가 우 하고 덤벼들었다. 어떤 놈은 으르릉 으르고, 어떤 놈은 뒷다리 사이에 바싹 끼면서 금방 물듯이 송곳 같은 이빨을 악물었고, 어떤 놈은 대들었다가는 뒷걸음치고 뒷걸음을 쳤다가는 대들면서 산천이 무너지게 짖고, 어떤 놈은 소리도 없이 코만 실룩실룩하면서 달려들었다. 그 여러 놈들이 문 서방을 가운데 넣고 죽 돌아서서 각각 제 재주대로 날뛴다. 그렇지 않아도 지금 개 때문에 대문 밖에서 기웃거리던 문 서방은 이 사면초가(四面楚歌, 사방이 적으로 둘러싸인 상태. 곤란한 지경)를 어떻게 막으면 좋을지 몰랐다. 이러는 판에 한 마리가 휙 들어와서 문 서방의 바짓가랑이를 물었다.

"으악…… 꺼우디(개를)!"

문 서방은 소리를 치면서 돌멩이를 찾느라고 엎드리는 것을 보더니 개들은 일시에 뒤로 물러났으나 또다시 덤벼들었다.

"창우니 타마나가비(상소리다)!"

안에서 개가죽 모자를 쓰고 뛰어나오는 일꾼은 기다란 호밋자루를 두르면서(휘두르면서) 개를 쫓았다. 개들은 몰려가면서도 몹시 짖었다.

문 서방은 조짚 수수깡이 지저분히 널려 있는 마당을 지나서 왼편 일꾼들 있는 방문으로 들어갔다. 누릿하고 퀴퀴한 더운 기운이 후끈 낯을 스칠 때 얼었던 두 눈은 뿌연 더운 안개에 스르르 흐려서 어디가 어딘지 잘 분간할 수 없었다.

"윈따야 랠라마(문 영감 오셨소)?"

'캉(구들)'에서 지껄이는 중국인 중에서 누군지 첫인사를 붙였다.

"에헤 랠라 장구재 유(있소)?"

문 서방은 어색한 웃음을 지었다. 얼었던 몸은 차츰 녹고 흐렸던 눈앞도 점점 밝아졌다.

"쌍캉바(구들로 올라오시오)!"

구들 위에서 나는 틱틱한 소리는 인가였다. 그는 일꾼들과 무슨 의논을 하던 판인가? 지껄이던 일꾼들은 고요히 앉아서 담배를 피우면서 호기심에 번득이는 눈을 인가와 문 서방에게 보냈다.

어느 천년에 지은 집인지? 거미줄이 얼키설키 서린 천정(천장)과 벽은 아궁이 속같이 꺼먼데 벽에 붙여 놓은 〈삼국풍진도(三國風塵圖)〉며 〈춘야도리원도(春夜桃李園圖)〉는 이리저리 찢기고 그을었다. 그을음과 담배 연기에 싸여서 눈만 반짝반짝하는 무리들은 아귀도(餓鬼道, 늘 굶주리고 매를 맞는 아귀들이 모여 사는 세계)를 생각케 한다. 문 서방은 무시무시한 기분에 몸을 부르르 떨었다.

"추엔바(담배 잡수시오)!"

인가는 웬일인지 서투른 대로 곧잘 하던 조선말은 하지 않고 알아도 못 듣는 중국말을 쓰면서 담뱃대를 문 서방 앞에 내밀었다.

"여보, 장구재! 우리 로포(아내)가 딸(용례)을 못 봐서 죽겠으니 좀 보여주, 응?……"

문 서방은 담뱃대를 받으면서 또 전처럼 애걸하였다. 인가는 이마를 찡그리면서 볼을 불렀다.

"저게(아내) 마지막 죽어가는데 철천지한이나 풀어야 하잖겠소, 응? 한 번만 보여 주! 어서 그리우! 내가 용례를 만나면 꾀일까 봐…… 그럴

리 있소! 이렇게 된 밧자(일)에…… 한 번만…… 낯이나…… 저 죽어가는 제 에미 낯이나 한 번 보게 해 주! 네? 제발!……"

"안 되우! 보내지 모하겠소! 우리 지비 문바께 로포(아내. 용례를 가리키는 말) 나갔소. 재미 어부소."

배짱을 부리는 인가의 모양은 마치 전당포 주인과 같은 점이 있었다. 문 서방의 가슴은 죄었다. 아섭고 안타깝고 슬픔이 어우러지더니 분한 생각이 났다. 부뚜막에 놓은 낫을 들어서 인가의 배를 왁 긁어 놓고 싶었으나 아직도 행여나 하는 바람과 삶에 대한 애착심이 그 분을 제어하였다.

"그러지 말고 제발 보여 주오! 그러면 내 아내를 데리구 올까? 아니 바람을 쏘여서는…… 엑, 죽어두 원이나 끄고 죽게 내가 데리고 올께 낯만 슬쩍 보여 주오…… 네? 흑…… 끅…… 제발……"

이십 년 가까이 손끝에서 자기 힘으로 기른 자기 딸을 억지로 빼앗긴 것도 원통하거든 그나마 자유로 볼 수도 없이 되는 것을 생각하니…… 더구나 그 우악한 인가에게 가슴과 배를 사정없이 눌리는 연연한 딸의 버둥거리는 그림자가 눈앞에 언뜻하여, 가슴이 꽉 막히고 사지가 부르르 떨리면서 주먹이 쥐어졌다. 그러나 뒤따라 병석의 아내가 떠오를 때 그의 주먹은 풀리고 머리는 숙었다.

"낼리 또 왔소 이얘기하오! 오늘리디 울리디 일이디 푸푸디! 많이 있소!"

인가는 문 서방을 어서 가라는 듯이 자기 먼저 캉에서 내려섰다.

"제발 그리지 말구! 으흑 흑…… 제제…… 제발 단 한 번만이라도 낯만…… 으흑흑 응!"

문 서방은 인가를 따라 밖으로 나오면서 울었다. 등 뒤에서는 웃음소리가 들렸다. 그러나 그 웃음소리는 이때의 문 서방에게는 아무러한 자극도 주지 못하였다.

"자, 이게 적지만!"

마당에 한참이나 서서 무엇을 생각하던 인가는 백 조(百吊)짜리 관체(官帖, 돈) 석 장을 문 서방의 손에 쥐였다. 문 서방은 받지 않으려고 하였다. 더러운 놈의 더러운 돈을 받지 않으려 하였다. 그러나 지금 붙여먹는 밭도 인가의 밭이다. 잠깐 사이 분과 설움에 어리어서 튀기던 돈은—돈 힘은 굶고 헐벗은 문 서방을 누르지 않을 수 없었다. 그는 못 이기는 것처럼 삼백 조를 받아 넣고 힘없이 나오다가,

'저 속에는 용례가 있으려니?'

생각하면서 바른편에 놓인 조그마한 집을 바라볼 때 자기도 모르게 발길이 도로 돌아섰다. 마치 거기서는 용례가 울면서 자기를 부르는 것 같았다. 그러나 인가는 문 서방을 문밖에 내보내고 문을 닫아 잠갔다.

문밖에 나서니 천지가 아득하였다. 발길이 돌아가지 않았다. 사생을 다투는 아내를 생각하면 아니 가든 못 할 일이고 이 울타리 속에는 용례가 있거니 생각하면 눈길이 다시금 울타리로 갔다.

그가 바위 모롱이 빙판에 올 때까지 개들은 쫓아 나와 짖었다. 그는 제 분김에 한 마리 때려 잡는다고 얼른 돌멩이를 집어 들었다가, 작년 가을에 어떤 조선 사람이 어떤 중국 사람의 개를 때려 죽이고 그 사람이 주인에게 총 맞아 죽은 일이 생각나서 들었던 돌멩이를 헛뿌렸다.

돋아 떨어지는 겨울 해는 어느새 강 건너 봉우리 엉성한 가지 끝에 걸렸다. 바람은 좀 자고 날씨는 맑으나 의연히 추워서 수염에는 우물가처럼 얼음 보쿠지('너테'의 북한말. 얼음 위에 다시 물이 흘러 생긴 여러 겹의 얼음)가 졌다.

4

아내의 병세가 점점 악화된다

눈웃 입은 산봉우리 나뭇가지 끝에 남았던 붉은 석양볕이 스르르 자취를 감추고 먼 동쪽 하늘가에 차디찬 연자줏빛이 싸르르 돌더니 그마저 스러지고 쌀쌀한 하늘에 찬 별들이 내려다보게 되면서부터 어둑한 황혼빛이 '빼허'의 좁은 골에 흘러들어서 게딱지 같은 집 속까지 흐리기 시작하였다.

꺼먼 서까래가 드러난 수수깡 천장에는 그을은 거미줄이 흐늘흐늘 수없이 드렸고, 빈대 죽인 자리는 수목으로 댓잎[竹葉 ; 죽엽]을 그린 듯이 흙벽에 빈틈이 없는데 먼지가 수북한 구들에는 구름깔개(참나무를 엷게 밀어서 결은(씨와 날이 서로 어긋매끼게 엮어 짠) 자리)를 깔아 놓았다. 가마 저편 바당(부엌)에는 장작개비가 흩어져 있고 아궁이에서는 뻘건 불이 훨훨 붙는다.

뜨끈뜨끈한 부뚜막에는 문 서방의 아내가 누덕이불에 싸여 누웠고 문 앞과 윗목에는 이웃집 사람들이 모여 앉았는데 지금 막 '달리소' 인가의 집에서 돌아온 문 서방은 신음하는 아내의 가슴에 손을 얹고 앉았다.

등꽂이에 켜 놓은 등(삼대에 겨를 올려서 컨 등)불은 환하게 이 실내의 이 모든 사람을 비췄다.

"용례야! 용례야! 용례야!"

고요히 누웠던 문 서방의 아내는 마지막 소리를 좀 크게 질렀다. 문 서방은 아내의 가슴을 지그시 눌렀다.

"에구? 우리 용례! 우리 용례를 데려다 주구려!"

그는 눈을 번쩍 뜨면서 몸을 흔들었다.

"여보, 왜 이러우. 용례가 지금 와요. 금방 올걸!"

어린애를 어르듯 하면서 땀때가 꽤저분한(너절하고 지저분한) 아내의 얼굴을 내려다보는 문 서방의 눈은 흐렸다.

"에구, 몹쓸 늠(인가)두! 저런 거 모르는 체하는가? 쩻!"

윗목에 앉은 늙은 부인은 함경도 사투리로 구슬피 뇌었다.

"허, 그러게 되놈이라지! 그놈덜깨 인륜(人倫)이 있소?"

문앞에 앉았던 한 관청은 받아쳤다.

"용례야! 용례야! 흥 저기 저기 용례가 오네!"

문 서방의 아내는 쑥 꺼진 두 눈을 모들떠서(두 눈동자를 안쪽으로 몰아 떠서) 천정을 뚫어지게 보면서 보기에 아츠러운 웃음을 웃었다.

"어디? 아직은 안 오! 여보, 왜 이러우? 정신을 채리우. 응!"

문 서방의 목소리는 떨렸다.

"저기 엑…… 용…… 용례……."

그는 눈을 더 크게 뜨고 두 뺨의 근육을 경련적으로 움직이면서 번쩍 일어났다. 문 서방은 아내의 허리를 안았다. 그는 또 정신에 착각을 일

으켰는지? 창문을 바라보고 뛰어나가려고 하면서,

"용례야! 용례 용례…… 저 저기 저기 용례가 있네! 용례야 어듸 가늬? 용례야! 네 어듸 가느냐? 으응."

고함을 치고 눈물 없는 울음을 우는 그의 눈에서는 퍼런 불빛이 번쩍하였다. 좌중은 모진 짐승의 앞에나 앉은 듯이 모두 숨을 죽이고 손을 틀었다. 문 서방은 전신의 힘을 내서 아내의 허리를 안았다.

"하하하…… (그는 이상한 소리를 내어 웃다가 다시 성을 잔뜩 내면서) 용례! 용례가 저리로 가는구나! 으응…… 저놈이 저놈이 웬 놈이냐?"

하면서 한참 이를 악물고 창문을 노려보더니,

"저 저…… 이늠아! 우리 용례를 놓아라! 저 되놈이, 저 되놈이 용례를 잡아가네! 이놈 놔라! 이놈 모가지를 빼놓을 이 이……."

그의 앞에는 용례를 인가에게 빼앗기던 그때가 떠올랐는지? 이를 뿍 갈면서 몸을 번쩍 일어 창문을 향하고 내달았다.

"여보, 정신을 차리오! 여보, 왜 이러우? 아이구, 응……."

쫓아나가면서 아내의 허리를 안아서 뒤로 끌어들이는 문 서방의 소리는 눈물에 젖었다.

"이늠아! 이게 웬 놈이 남을 붙잡니? 응 으윽."

그는 두 손으로 남편의 가슴을 밀다가도 달려들어서 남편의 어깨를 물어뜯으면서,

"이것 놔라! 에그, 용례야, 저게 웬 놈이…… 에구구…… 저놈이 용례를 깔고 앉네!"

하고 몸부림을 탕탕 하는 그의 눈에는 핏발이 서고 낯빛은 파랗게 질

렸다.

아내가 용례의 이름을 부르다 죽는다

이때 한 관청 곁에 앉았던 젊은 사람은 얼른 일어나서 문 서방을 조력하였다. 끌어들이려거니 뛰어나가려거니 하여 밀치고 당기는 판에 등꽂이가 넘어져서 등불이 펄렁 죽어 버렸다. 방 안이 갑자기 깜깜하여지자 창문만 히슥하였다.

"조심들 하라니! 엑, 불두!"

한 관청은 등대를 화로에 대고 푸푸 불면서 툭덕툭덕하는 사람들께 주의를 시켰다. 불은 번쩍 하고 켜졌다.

"우우 쏴─ 스르륵."

문을 치는 바람 소리가 요란하였다.

"엑, 또 바람이 나는 게로군! 날쎄두 폐릅다(괴상하다)."

한 관청은 이렇게 뇌이면서 등꽂이에 등대를 꽂고 몸부림하는 문 서방 내외와 젊은 사람을 피하여 앉았다.

"이것 놓아 주오! 아이구! 우리 용례가 죽소! 저 흉한 되놈에게 깔려서…… 엑 저저저…… 저것 봐라! 이놈 네 이놈아! 에이구 용례야! 용례야! 사람 살려 주오! (소리를 더욱 높여서) 우리 용례를 살려 주! 응으윽 에엑끅……."

그는 마지막으로 오장육부가 쏟아지게 소리를 지르다가 검붉은 핏덩이를 왈칵 토하면서 앞으로 거꾸러졌다.

“으윽!”

“응, 끔직두 한 게!”

하면서 여러 사람들은 거꾸러진 문 서방의 아내 앞에 모여들었다.

“여보! 여보소! 아이구, 정신 좀…….”

떨려나오는 문 서방의 소리는 절반이나 울음으로 변하였다.

거불거불하는(북한말. 순하게 이리저리 꺼부러져 있는) 등불 속에 검붉은 피를 한 말이나 토하고 쓰러진 그는 낯이 파랗게 되어서 숨결이 없었다.

“허! 잡싱[雜神 : 잡신]이 붙었는가? 으흠 응! 으흠 흥! 각황제방 심미기 [角亢氏房心尾箕 : 각항저방심미기. 이를 외면서 귀신을 쫓는다는 민속이 있음], 두우 열로 구슬벽[斗牛女虛危室璧 : 두우녀허위실벽]…….”

여러 사람들과 같이 문 서방의 아내를 부뚜막에 고요히 뉘어 놓고 한 관청은 귀신을 쫓는 경문이라고 발음도 바로 못 하는 이십팔수를 줄줄 줄 읽었다.

“으응응…… 흑흑…… 여여보!”

문 서방의 목멘 울음을 받는 그 아내는 한 관청의 서투른 경문 소리를 듣는지 마는지? 손발은 점점 식어 가고 낯은 파랗게 질렸는데, 무엇을 보려고 애쓰던 눈만은 멀거니 뜨고 그저 무엇인지 노리고 있다. 경문을 읽던 한 관청은,

“엑, 인제는 늙어 가는 사람이 울기는? 우지 마오! 살아날 꺼!”

하고 문 서방을 나무라면서 문 서방의 아내 앞에 다가앉더니 주머니에서 은동침(어느 때에 얻어 둔 것인지?)을 내어서 문 서방 아내의 인중(人中)을 꾹 찔렀다. 그러나 점점 식어 가는 그는 이마도 찡기지 않았다. 다

시 콧구멍에 손을 대어 보았으나 숨결은 없었다.

바람은 우우 쏴— 하고 문에 눈을 들이치었다. 여러 사람은 약속이나 한듯이 두려운 빛을 띤 눈으로 창을 바라보았다.

"으응, 에이구! 여보! 끝끝내 용례를 못 보고 죽었구려…… 잉잉…… 흑."

문 서방은 울기 시작하였다. 그 울음소리는 고요한 방 안 불빛 속에 바람 소리와 함께 처량하게 흘렀다.

"에구, 못된 놈(인가)도 있는 게!"

"에구, 참 불쌍하게두!"

"흥, 우리두 다 그 신세지!"

무시무시한 기분에 싸여서 낯빛이 푸르러 가는 여러 사람들은 각각 한마디씩 뇌었다. 그 소리는 모두 갈 데 없는 신세를 호소하는 듯하게 구슬프고 힘없었다.

5

문 서방이 인가의 집에 불을 지른다

문 서방의 아내가 죽던 그 이튿날 밤이었다. 그날 밤에도 바람이 몹시 불었다. 그 바람은 강바람이어서 서북에 둘린 산 때문에 좀한(어지간한) 바람은 움쩍도 못하던 달리소(문 서방의 사위 인가의 땅)까지 범하였다. 서북으로 산을 등지고 앞으로 강 건너 높은 절벽을 대하여 강골밖에 터진 데 없는 달리소는 강바람이 들어차면 빠질 데는 없고 바람과 바람이 부딪쳐서 흔히 회오리바람이 일게 된다. 이날 밤에도 그 모양으로, 달리소에는 회오리바람이 일어서 낟가리(낟알이 붙은 곡식을 그대로 쌓은 더미)가 날리고 지붕이 날리고 산천이 울려서 혼돈이 배판(벌러서 차림)할 때 빙세계(얼음으로 뒤덮인 세계)나 트는 듯한 판이라 사람은커녕 개와 돼지도 굴속에서 꿈쩍 못하였다.

밤이 퍽 깊어서였다.

차디찬 별들이 총총한 하늘 아래, 우렁찬 바람에 휘날리는 눈발을 무릅쓰고 달리소 앞강 빙판을 건너서 달리소 언덕으로 올라가는 그림자가 있다. 모진 바람이 스치는 때마다 혹은 엎드리고 혹은 우뚝 서기도 하면서 바삐바삐 가던 그림자는 게딱지 같은 지팡살이 집 근처에서부터 무엇을 꺼리는지 좌우를 슬몃슬몃 보면서 자취를 숨기고 걸음을 느리게 하여 저편으로 돌아가 인가의 집 높은 울타리 뒤로 돌아갔다.

"으르릉 웡웡."

하자 어느 구석에서인지 개가 한 마리, 두 마리, 세 마리 뒤이어 나와서 짖으면서 그 그림자를 쫓아간다. 그 개소리는 처량한 바람 소리 속에 싸여 흘러서 건너편 산을 스르릉 스르릉 울렸다.

"꽝! 꽝꽝."

인가의 집에서는 개짖음에 홍우재(마적)나 몰아오는가 믿었던지 헛총질을 네댓 방이나 하였다. 그 소리도 산천을 울렸다. 그 바람에 슬근슬근 가던 그림자는 휙 돌아서서 손에 들었던 보자기를 개 앞에 던졌다. 보자기는 터지면서 둥글둥글한 것이 우루루 쏟아졌다. 짖으면서 달려오던 개들은 짖음을 그치고 거기 모여들어서 서로 물고 뜯고 빼앗아 먹는다. 그러는 사이에 그림자는 인가의 울타리 뒤에 산 같이 쌓아 놓은 보릿짚 더미에 가서 성냥을 쭉 긋더니 뒷산으로 올리닫는다.

처음에는 바람 속에서 판득판득하던(북한말. 순간적으로 작은 빛을 내비치거나 반사하던) 불이 삽시간에 그 산 같은 보릿짚 더미에 붙었다.

"훠쓰(불이야)!"

하는 고함과 함께 사람의 소리는 요란하였다. 모진 바람에 하늘하늘 일어서는 불길은 어느새 보릿짚 더미를 살라 버리고 울타리를 살라 버리고 울타리 안에 있는 집에 옮았다.

"푸우 우루루루루루 쏴아……."

동풍이 몹시 이는 때면 불기둥은 서편으로, 서풍이 몹시 부는 때면 불기둥은 동으로 쓸려서 모진 소리를 치고 검은 연기를 뿜다가도 동서풍이 어울치면(북한말. 한데 섞이어 어울리거나 휩쓸려서 나대면) 축융[火神 ; 화신]의 붉은 혓발은 하늘하늘 염염히 타올라서 차디찬 별―억만 년 변함이 없을 듯하던 별까지 녹아내릴 것같이 검은 연기는 하늘을 덮고 붉은 빛은 깜깜하던 골짜기에 차 흘러서 어둠을 기회로 모여들었던 온갖 요귀(妖鬼)를 몰아내는 것 같다. 불을 질러 놓고 뒷숲 속에 앉아서 내려다보는 그 그림자―딸과 아내를 잃은 문 서방은,

"하하하……."

시원스럽게 웃고 가슴을 만지면서 한 손으로 꽁무니에 찼던 도끼를 만져 보았다.

문 서방은 인가를 도끼로 찍어 죽인다

일 동리 사람들과 인가의 집 일꾼들은 불붙는 데 모여들었으나 모두 어쩔 줄을 모르고 떠들고 덤비면서 달려가고 달려올 뿐이었다.

그러는 사이에 울타리는 물론 울타리 속에 엉큼히(우뚝이) 서 있던 큰 집 두 채도 반이나 타서 쓰러졌다.

이런 불 속으로부터 여러 사람이 오고 가는 밭 가운데로 튀어 나가는 두 그림자가 있었다. 하나는 커다란 장정이요, 하나는 작은 여자이다. 뒷간 숲에서 이것을 본 문 서방은 그 두 그림자를 향하여 내리뛰었다. 그는 천방지방(천방지축) 내리뛰었다. 독살이 잔뜩 올라서 불빛에 번쩍이는 그의 눈에는 이 두 그림자밖에는 아무것도 보이지 않았다.

"으윽 끅."

문 서방이 여러 사람을 헤치고 두 그림자 앞에 가 섰을 때 앞에 섰던 장정의 그림자는 땅에 거꾸러졌다. 그때는 벌써 문 서방의 손에 쥐었던 도끼가 장정 인가의 머리에 박혔다. 도끼를 놓은 문 서방의 품에는 어린 여자의 그림자가 안겼다. 용례가······.

그 바람에 모여 섰던 사람들은 혹은 허둥지둥 뛰어 버리고 혹은 뒤로 자빠져서 부르르 떨었다. 용례도 거꾸러지는 것을 안았다.

"용례야! 놀라지 마라! 나다! 아버지다! 용례야!"

문 서방은 딸을 품에 안으니 이때까지 악만 찼던 가슴이 스르르 풀리면서 독살이 올랐던 눈에서 뜨거운 눈물이 떨어졌다. 이렇게 슬픈 중에도 그의 마음은 기쁘고 시원하였다. 하늘과 땅을 주어도 그 기쁨을 바꿀

것 같지 않았다.

그 기쁨! 그 기쁨은 딸을 안은 기쁨만이 아니었다. 작다고 믿었던 자기의 힘이 철통같은 성벽을 무너뜨리고 자기의 요구를 채울 때 사람은 무한한 기쁨과 충동을 받는다.

불길은—그 붉은 불길은 의연히 모든 것을 태워 버릴 것처럼 하늘하늘 올랐다.

이야기 따라잡기

　문 서방은 본래 경기도 어느 곳의 소작인이다. 그러나 십여 년 소작인 생활에 지친 그는 서간도 '빼허'로 이주한다.

　그러나 그곳에서도 문 서방은 중국인 지주인 인가의 소작인이 된다. 문 서방은 첫 해를 제외한 나머지 농사가 연달아 흉년이 되자 소작료를 납부하지 못한다. 인가는 평소, 딸 용례에게 탐심을 품고 있다가 문 서방이 빚 갚을 여력이 없자 빚 대신에 용례를 데려간다.

　인가에게 딸을 빼앗긴 문 서방 내외는 절망에 빠지게 되고, 딸을 되찾으려 하지만 인가는 보여 주지도 않는다. 문 서방의 아내는 딸이 보고 싶은 나머지 화병으로 몸져눕는다. 죽어가는 아내의 소원을 들어주고자 문 서방은 인가를 찾아가지만 인가는 용례를 보여 주지 않고 지전(紙錢) 몇 장을 주며 내쫓는다. 그날 밤 문 서방의 아내는 용례의 이름을 부르다 피를 토하며 죽는다.

　그 이튿날 문 서방은 인가의 집 근처로 찾아가 보릿짚 더미에 불을 지른다. 치솟아오르는 홍염을 바라보며 문 서방은 쾌감에 젖는다. 곧이어 인가의 집으로 불이 옮아붙고 두 명이 뛰어나온다. 하나는 인가이고, 다른 하나는 용례다. 문 서방은 인가를 도끼로 찍어 죽이고 딸을 품에 안는다.

쉽게 읽고 이해하기

가진 자의 횡포

「홍염」은 소작농 생활을 청산해 보고자 서간도로 이주한 문 서방이 겪는 비극을 그린 단편소설이다. 오랜 소작농 생활에 지친 문 서방은 희망을 가지고 서간도로 이주를 하지만 그곳에서도 소작농 생활을 벗어나지 못한다. 그러나 문제는 소작농 생활을 유지하는 것이 아니라 고국에 있을 때보다 더 가난해졌다는 사실이다. 흉년으로 인해 소작료를 납부하지 못하게 되면 지주들은 그 책임을 소작농에게 묻는다. 결국 소작농은 더 많은 빚을 지게 되는 것이다. 반면 지주들은 원금에 이자까지 챙기게 되어 더욱 부유해진다. 이것은 '빈익빈 부익부' 현상으로 소설에서는 이를 통해 사회의 구조적 모순을 보여 주고 있다.

중국인 지주 인가는 문 서방이 소작료를 갚지 못하자 예전부터 눈독 들이고 있던 그의 딸 용례를 데려간다. 이러한 인가의 태도는 사람의 가치를 돈으로 환산하며, 돈으로 무엇이든 다 살 수 있다는 황금만능주의적 사고이자 반(反)휴머니즘적 태도이다. 죽어가는 아내를 위해 딸을 찾아간 문 서방을 몇 푼의 돈으로 내쫓는 모습에서도 그러한 태도를 볼 수 있다.

최서해는 가난으로 인한 비극적 생활상을 인신매매라는 비인간적 상황을 통해 더욱 극대화하고 있다. 뿐만 아니라 부모와 자식 간의 정까지도 돈으로 환산하는 인가의 행동을 통해 가진 자가 경제적 능력을 무기로 하층민을 어떻게 핍박하는지 보여 준다.

국내가 아닌 국외라는 설정, 그리고 가진 자가 내국인이 아닌 중국인이라는 설정을 통해 단순한 개인의 문제가 아닌 민족적 문제로 승화시켜 지배계급의 부당성, 가진 자의 횡포를 박진감 있게 그리고 있다.

부당한 현실에 대한 저항 의식

신경향파 문학의 주제와 결과는 기아, 살인, 방화라는 지적처럼 최서해의 작품은 대부분 빈곤에서 비롯된 체험과 이를 극복하기 위해 살인이나 방화를 저지르는 결말을 담고 있다. 「홍염」은 그 대표적인 작품 중 하나로 궁핍한 주인공이 딸까지 빼앗기자 그 분노를 견디지 못해 방화와 살인을 저지른다.

궁핍하고 벗어날 수 없는 암울한 현실을 극복하기 위해 「탈출기」에서는 주인공이 탈가하여 ××단에 가입했다면, 「홍염」에서는 횡포를 저지른 가진 자를 직접 처단한다. 소작료를 내지 못해 소작농에서 벗어나지 못하는 문 서방은, 딸을 빼앗김으로 소작료를 갚게 되더라도 사악한 인가와의 악연은 계속될 것이다. 결국 문 서방은 방화를 저지르고 인가를 죽이기에 이른다. 가진 자의 횡포와 궁핍으로 인해 생긴 악순환의 고리를 끊어 버린 것이다.

아내와 딸을 잃어버린 문 서방은 불을 지르고 그 광경을 지켜보며 온갖 요귀들을 몰아내는 것 같은 착각에 빠진다. 시대적 상황을 어둠으로, 가진 자들을 요귀로 비유하여 방화를 통해 어두운 시대를 밝히고 평등한 세상, 모두가 행복하게 사는 세상을 만들고자 하는 의지를 은유적으로 표현한 것이다.

신경림의 시 「가난한 사랑 노래」에서 "가난하다고 해서 왜 모르겠는가/가난하기 때문에 이것들을/이 모든 것들을 버려야 한다는 것을"이라고 한 것처럼 가난하기 때문에 겪을 수밖에 없는 억울한 현실을 문 서방은 묵과하거나 순응하지 않고 이에 저항한다. 즉 「홍염」은 돈으로 목숨과 사랑하는 자식을 잃게 되는 사회적 현실, 지배계급의 부당한 폭력에 대책 없이 당해야만 했던 피지배계층의 울분을 대변하며, 방화와 살인이라는 행동을 통해 저항 의식을 드러내고 있다.

작가 알아보기

최서해(崔曙海, 1901.1.21∼1932.7.9)

　호는 서해(曙海), 본명은 학송(鶴松), 함경북도 성진(城津)에서 출생하였다. 빈농의 가정에서 태어나 아버지와 서당에서 한문 공부를 하며 지냈고, 『청춘』과 같은 잡지들을 사서 읽는 독서광으로 어린 시절을 보냈다.

　1918년 어려서 이별한 아버지를 찾으러 만주의 간도로 가다가 독립군에 가담했으나 탈출했다고 전한다. 간도로 가기 전 처와 이혼하고 서간도에 있는 '달리소'에서 중국인 소작농의 딸과 재혼하지만 곧 사별한다. 가난한 집안 환경으로 인해 부두 노동자, 음식점 심부름꾼 등 빈곤층 생활을 전전하였다. 이러한 밑바닥 생활은 그의 문학에 바탕을 이루어 주었다.

　1923년 간도에서 귀국하여 부두 노동자 노릇을 하면서 이광수와 김동환에게 서신을 보내 서울에 갈 수 있게 해 달라고 간청하였다. 그 후 이광수를 찾아간 최서해는 이광수의 주선으로 양주 봉선사에서 「탈출기」를 쓰게 된다.

1924년 단편 「고국」이 『조선문단』에 추천되면서 등단하여 「탈출기」, 「기아와 살육」 등을 발표하고 신경향파 문학의 기수로서 지목되었다. 1925년에 '조선의 고리키'라는 찬사와 함께 일약 중견 작가로 부상하면서 카프에 가담하게 된다.

1928년 『중외일보』에 입사하지만 『중외일보』가 신랄한 논설과 기사로 인해 탄압을 받으며 경영난에 빠지자 최서해도 궁핍함을 면할 수 없게 된다. 결국 생활난을 해결하기 위해 일본인이 경영하는 『매일신보』에 장편연재소설을 쓰기 시작한다. 1931년에 작품집 『홍염』을 간행하지만 간도 시절의 고생으로 얻은 위병이 악화되어 1932년 수술을 받는다. 출혈이 너무 심해 여러 문인 친구들이 수혈을 해 주지만 결국 세상을 떠나고 만다.

최서해는 자신의 체험을 바탕으로 작품을 썼다. 본인 스스로도 '경험에 없는 것은 쓰지 않는다'고 밝힐 정도로 빈민의 체험 속에서 얻은 소재를 통해 빈민층의 애환을 사실적으로 그려 내고 있다. 그의 작품이 체험만을 바탕으로 썼기 때문에 비록 기교의 미숙이나 구성의 허점이 보인다는 지적도 있지만 문학적 상상력으로는 표현할 수 없는 미묘한 부분까지도 사실적으로 묘사하고 있다는 점에서 그러한 문제점은 덮어질 수 있을 것이다.

그가 활동할 당시 대부분의 작가들이 동경 유학생이라는 화려한 경력을 가지고 있었던 것과 달리 최서해는 소학교를 겨우 졸업할 정도의 학력에 비참한 생활을 체험으로 습득한 인물이었다. 이러한 특성은 문단의 관심을 받을 만하였으며, 이로 인해 그는 신경향파의 기수로 서게 된 것이다.

7~8년이라는 짧은 기간 동안 활동했던 최서해는 작품 속에서 도시와 농촌, 국내와 국외(간도 등)를 배경으로 궁핍한 삶을 살아가는 사람들의 현실적 문제들을 예리하게 꼬집는다. 따라서 그의 문학은 '체험문학', '빈궁문학', '저항문학'으로 규정된다. 최서해는 몇 명의 엘리트의 눈으로 바라본 일부의 삶이 아니라 실제 체험을 통한 대다수의 극빈층의 생활상을 날카롭게 표현해 그들의 울분과 서러움을 적나라하게 드러내고 있다.

가장 좋은 것은 아예 태어나지 않는 것이다.
죽음, 그것은 길고 싸늘한 밤에 불과하다.
그리고 삶은 무더운 낮에 불과하다.
– 하이네(독일의 시인, 1797~1856)